雑草にも名前がある

一人の中学教師・植物採集家の足跡

益村 聖

はじめに　私の「宿帳」として

今更、李白や芭蕉の名言を持ち出すまでもないことだが、私たちはこの地球という旅籠《はたご》に、何処からともなくやって来て、しばらくの間逗留し、時の流れに乗ってまた何処へともなく立ち去っていく、一人の過客ではないかと思う。ならば逗留の証として、旅籠の宿帳に何がしかの記帳を残して置きたいと願うのである。

そのような想いから、これまで色々なところに書いてきた文章や、方々で話した講話、講演、新たに書き下ろした文などを、一冊に纏めて身近な人たちに残しておくことにした。これらは長い間の記録なので、同じ内容が何度も出てきて、煩わしいと思われることも多々あると思うが、そこを削ると文章の流れが切れてしまうので、あえて削らなかったことをお断りしておく。そのようなところはどうか読み飛ばしていただきたい。

勿論、ここには後世に残すような高邁な思想や信条が吐露されているわけがなく、至って平凡な一人の人間が、これまでの自分の足跡を綴った記録に過ぎない。

雑草にも名前がある❖目次

第三部　講演・講話録

第一部　軌跡

私の学生時代

私は昭和八（一九三三）年の生まれである。昭和一五（一九四〇）年に羽犬塚《はいぬづか》尋常高等小学校初等科に入学した。この年は、日本神話の伝承をもとに作られた神武天皇即位紀元（皇紀）二六〇〇年の記念すべき年に当たり、全国で祝賀行事が催され、歌まで作られた。軍国主義教育が進められ、次の年には羽犬塚国民学校と名前まで変わった時代である。

この年（昭和一六年）の一二月八日には太平洋戦争が始まった。日本が優勢だったのは最初の一年間位で、次第に敗色が濃くなり、米軍の空襲によって全国の主要な都市がほぼ灰燼に帰し、昭和二〇（一九四五）年八月一五日、ついに日本は連合国に対して無条件降伏をして戦争が終わった。この戦争が始まったのが小学二年生、終わったのが小学六年生、ほぼ戦争漬けの六年間だった。

軍国少年として教育され、作り上げられてきた私たちは、途端に人生の目的を失ってしまったのである。大正デモクラシーのかなり自由な時代に教育を受けておられた担任の先生をはじめ、多くの大人たちは頭の切り替えが早かった。ところが、六年間もの間軍国主義教育しか受けてこなかった私たちは、そんなに簡単に頭の切り替えができるはずがない。次第に人間不信になっていったのである。これまで正義の戦争だと叩き込まれていたものが、実は間違いだったというのである。何を信じていいのか分からなくなってしまった。

所詮、正義などというものは、勝手に自分に都合がよいようにこじつけた理屈に過ぎない。正義の奥に潜む人間の本質が見えてしまった。私が全ての物事に対して斜めからしか見ることができない、不遜な性格の人間になってしまったのは、このような事情によると思っている。

昭和二一（一九四六）年四月、私は入学試験に合格して福岡県立八女中学校に入学（八女中学第三九回生として）した。当時は小学六年生から入学試験を受けて、中学校、高等女学校、実業学校など五年制の中等教育機関である上級学校へ進学したのである。進学しなかった者は更に二年間の小学校高等科というところで勉強したのであった。

希望に胸を膨らませて入学したものの、敗戦直後の日本の窮状は大変なもので、まともな教科書すらなかった。配布されたものは、現在の新聞紙より質の悪い全紙のざら紙に一六ページが印刷され、裁断もされてなくて、自分で製本しなければならないような代物であった。それでも晴れて中学校に入学できた喜びに胸を膨らませたのであった。

ところが次の年には、当時日本を占領し、支配していたＧＨＱ（連合軍最高司令官総司令部）の指導により、教育制度の改革が断行され、現在の六・三・三制という学校制度に変わった。小学校の高等科を一年延長して新たに三年制の中学校とし、小学校・中学校合わせた九年間を義務教育とした。そして、私たちの学校は新たに選抜制の高等学校（三年制）になった。それで当時の中学二・三年生は高等学校に併設された中学校（併置中学校）の生徒という立場になり、新制度の中学校と全く同じ内容の教育を受けることとなった。したがって私たちの後には中学校の入試は行われず、私たちは高校二年になるまでの四年間を最下級生として過ごす運命となったのである。

また、近隣には高等女学校が幾つもあり、それらも皆高等学校になったので、狭い範囲に幾つもの高等学校が林立することとなり、高校間の過度の競争を避けるため、厳格な校区が設定された。それで、他高校の校区から通学していた友達は高校一年になる時、強制的に住んでいる地域の校区の高校に転校させられてしまったのである。何とも残酷なことであった。当然のことながら、八女高校の校区内から通学していた高等女学校の生徒たちも八女高校に転入してきたので、現在のような男女共学の学校になったのである。

中学校に入る時に既に入試を受けていたので、改めて高校入試は受けなくて高校へ進学することができた。したがって、中学三年の時は受験勉強をする必要がなく、実に余裕があった。

父は農具鍛冶屋で職人の家庭であり、我が家には書籍など文化的なものは全くなかった。それで、私は幾人もの友達から借りまくって日本文学全集、世界文学全集、漱石全集など手当たり次第に読みふけったのであった。当時の学校には、生徒が借りることができる図書館などなかったのである。私に残っている文学的知識は全て当時に詰め込んだものである。

この時の経験から言えることは、豊かな人間形成には、若い時にその人の趣味などを伸ばせるだけの、ゆとりある充分な時間が絶対に必要で、受験勉強などできるだけ少ないに越したことはないということである。近年、中・高一貫教育の学校が増えてきたが、これは大学入試に余裕をもって備えることができるように計画されたものが多く、私が経験したような、ゆとりのある学校教育とは異なっているように思う。

中学の三年間は男子生徒だけの学校で、異性に興味を持ち始める思春期でもあり、スカートの制服を着て颯爽と歩く女学生は、まぶしいばかりに崇高な憧れの存在であった。晴れて男女共学となり、高校一年の入学式ではまさに心躍る高揚があった。

しかし、この喜びは時を経ずして幻滅に変わったのであった。放課後、掃除の時間となる。男女共同の班を作っているのだが、女子はこちらに一塊、あちらに一塊、ぺちゃくちゃとおしゃべりばかりして一向に掃除を始めない。早く済ませて部活に行きたい男子はやきもきしているのだが、女子は一向に気にも留めない。

結局、殆ど男子生徒で掃除をすることになる。それを女生徒は気にするふうもない。彼女らも普通の人間に過ぎないのだということを、嫌というほど思い知らされることとなったのであった。私たちが勝手に女生徒を崇高な存在と想像し、憧れていたに過ぎなかったのである。

高校の三年間、私は無線部というクラブに所属して活動した。ラジオなどを自作して楽しむ部である。学校には以前は放送設備があったらしく、各教室にスピーカーはついていたが、全く使用されていなかった。放送機器が壊れてしまっていたらしい。学校の予算が付いたのか設備を整えることとなり、その仕事が無線部に任された。以前の設備は物資が不足していた戦時中に整えられたものらしく、張り巡らされた電線はアルミ線であった。アルミニウムは銅と違って錆びやすく、方々で断線しており、それを繋ぐだけでも大変な仕事であった。

放送機器も部員が作り上げ、校内放送が開始された。放送部などというところはなかったので、校内放送も部員が日替わりで担当した。私たちの頃は現在ほど受験競争が厳しくはなかった（田舎の高校は呑気だったに過ぎなかったのだが）ので、毎年、体育祭も文化祭も盛大にやっていた。

体育祭では放送機器に手慣れた無線部が放送を担当した。顧問の江頭先生はクラシックが好きな方だったので、その影響もあって、流した音楽は全てクラシックの曲ばかりだった。現在のように体育祭用のレコード・ＣＤなどなかった時代である。一般生徒の受けは分からなかったが、音楽の大坪先生からは選曲が好かったと大いに褒められた。

文化祭は私たちの出番だった。二つの教室を使った。物理部というクラブはなかったので、物理教室の様々な実験器具を使って、面白い物理実験を色々として見せた。教室の真ん中にミニ放送局を造り、周りに自作のラジオを並べて音楽などを放送して聴かせ、見学者を驚かせた。

三年の時など、私の学年から二つも演劇が上演された。『夕鶴』と『ハムレット』だった。演劇部などなかった時代、その照明まで私たちが担当した。部員の末継君の家が自動車の部品屋だったので、彼の店から自動車のヘッドライトを持ってこさせ、それで照明までやった。

とにかく忙しかったが、実に充実した高校生活だったと言えるだろう。私の家は貧しかったが、大学への進学を両親が奨めてくれ、福岡学芸大学（現福岡教育大学）を目指した。私は国語と理科系の教科が好きだったので、どちらにしようかと迷っていた。

ところで、その当時は大学への進学希望者全員に対して、大学受験の前に進学適性検査という、一種の知能テストのようなテストが実施されていた。なんでも過度の受験競争を避けるために考えられたもののようであった。結果は文系と理系の点数に分けて公表され、自分がどちらに向いているかが分かるようになっていた。私の点数は理系の方が少し良かったので、理科に行くことを決めた。幸い合格することができた。

最初の二年間は物理を専攻していたが、自分の頭に限界を感じ、後半の二年間は生物を専攻して、昭和三一（一九五六）年三月、無事に大学を卒業することができた。

飯塚の思い出

昭和三一（一九五六）年三月に大学を卒業した。日本の戦後復興は著しく、時の政府が「もはや戦後ではない」と言った年である。

卒業はしたものの、私の住む筑後地方では中学の教員はすでに満杯であった。なかなか職が決まらず、五月中旬になってやっと飯塚市に採用が決まった。飯塚第一中学校に配属されることになった。

学校に挨拶に行くと、高校から大学まで一緒で二学年先輩の隈本堯さんと、玄関で偶然出会った。先輩もこの学校に勤めておられたのである。下宿先も決まっていなかったので、先輩と一緒の下宿を紹介してもらい、幸運にも何の心配もなく勤め始めることができた。下宿は学校まで歩いて三〇分程の市内であった。

初めて飯塚を訪れた日は雨上がりで、遠賀川は水かさを増し、濁流が流れていた。炭鉱地帯を流れる遠賀川の水は大変汚れているという噂を聞いていたが、家の近くを流れる山ノ井川の雨上がりの濁流と殆ど違いはなかった。しかし、一般の川とは逆で、一日、二日と時間が経って水量が減ってくるにつれて次第に水の色が濃くなり、ついには濃いココアを溶かしたような水に変わっていった。これが遠賀川なのかと改めて認識したことであった。周りの炭鉱で採掘した石炭を洗った（洗炭）水が全て遠賀川に流れ込むので、このような状態になっているというのである。

こうして私の飯塚での教師生活は驚きとともにタートしたのであった。

飯塚第一中学校（一中）はマンモス校で、私が配属された一年生は一一組もあった。そろそろエネルギー革命が始まりつつあったと思われるが、まだまだ炭鉱の景気はよく、加えて戦後のベビーブームと重なり、次の年の学年は一三組となった。雑然とした商店街はいつもにぎわっていた。街の周りには炭鉱のボタ山が散在していた。ボタ山とは、石炭と一緒に掘り出された無用の礫（ボタ）を捨てる所である。きれいな円錐形をしており、絶えずボタを積んだトロッコが往復し、その天辺からボタを捨てていくので山は次第に高くなっていく。夜になると山を上下するトロッコの線路沿いに並んだ照明の明かりが輝き、ボタ山は実にきれいなシルエットを作る。筑豊炭田は活気にあふれていた。

教師を始める時先輩に言われたのは、「しっかりと教材研究をして授業に臨め」ということであった。生徒に一を教えるのであれば、そのバックには常に十のものを持っておけ、そうすれば自信をもって生徒に伝えることができる、というのである。

私もその通りだと思った。それで、飯塚での五年間は懸命に教材研究に励んだ。私の教師としての自信はここで作られたと思っている。最初の二年間は、クラス担任をさせてはもらえなかった。三年目になってようやく担任をさせてもらえたが、いきなり三年生の担任となった。学級経営の要領もよく分からないので色々と不手際も仕出かし、この時の生徒たちには大変迷惑をかけてしまった。

現在と違って、当時は週二五時間もの授業があり、早朝、放課後には高校受験のための補習授業までしなければならず、今から思えば随分苛酷であった。

このクラスを卒業させた後、一年生の担任となった。同じクラスを二年まで受け持った。できることならこのまま三年まで担任をして卒業させたいと思っていた。しかし、そうは事情が許さなかった。父は農具鍛冶屋であったが、年を取って次第に働けなくなってきた。加えて農業の機械化が進んで仕事が減ってしまい、生活が成り立たなくなってしまったのである。私には二人の妹がいるが、男は長男の私一人で、ゆくゆくは帰郷して家を継ぐ運命にあった。

覚悟はしていたが、事情が急に変わったのである。働けなくなった父は、老骨を引きずって飯塚市の教育委員会を訪ね、「息子を返してください」と教育長に直訴するに及んだ。この様子を見て、私も帰郷を決意せざるを得なかった。しかし、当時は日本の産業が急成長をしている時代で、中学教師を希望するような理系の若者など殆どいなかった。

四月半ばになってやっと後任が決まり、私は筑後に帰った。しかし、私の後任は理系ではなく社会科を専攻した新卒の人で、専門でもない理科を教える羽目になってしまったという。私は飯塚市の教育委員会、一中、後任の先生などに大変な迷惑をかけてしまった。飯塚での五年間で担任したのはこの二つのクラスだけだった。彼らもとうに古稀を過ぎたが、未だに温かい交流が続いている。本当に感謝している。

思えば、この飯塚での五年間の教師生活は、人間としても大きく成長することができた貴重な時間だった。教師として頑張ったことは勿論であるが、その中では色々と蹉跌もあった。中央廊下の真ん中で生徒と殴り合いの喧嘩をして、新聞に書き立てられ、警察で調書を取られ、裁判所に呼び出されて注意もされた。若気の至りの出来事であった。

筑後の、わりとのんびりとした地方に育った私は、とうとう最後まで鉄火肌の川筋気質にはなじむことができなかった。同僚の先生方と何度も衝突した。今ではこれらも含めて貴重な経験だったと思っている。

週末、帰省をして日曜の夜飯塚へ帰る。バスが八木山峠を越えると、飯塚盆地が眼前に広がる。市街地の瞬きの周りを、照明に照らされた円錐形のボタ山が取り巻いている。そこには筑豊炭田を象徴する独特の活気あふれる風景が広がっていた。帰ってきたなという想いがしたものである。

私の勤めた一中は商店街からの生徒が多く、炭鉱住宅（炭住）から通学する生徒は殆どいなかったので、炭住での生活はよく知らないが、炭鉱労働者の生活は厳しいものであったようである。当時、『にあんちゃん』、『筑豊のこどもたち』など、炭住の生活を舞台にした映画にその様子が見事に描かれていたのを記憶している。

しかし、この活気も次第に翳りを見せ始めた。昭和三五（一九六〇）年末、「総資本対総労働の闘い」といわれた三池争議が終結し、筑豊でも方々で労働争議が頻発するようになっていた。エネルギー革命は確実に進行し、石炭産業の没落は急ピッチで進んでいたのである。

この頃、日本の産業は急成長を続けており、国内の各工業地帯は大量の労働力を必要としていた。そこで、中学卒業生が貴重な労働源として持て囃され、金の卵（ダイヤモンド、月の石）などと呼ばれていた。斜陽産業となった筑豊の炭鉱地帯は、金の卵の大量供給源となっていった。近郷の炭鉱地帯から沢山の中学卒業生が市内の旌忠《せいちゅう》公園に集合し、何台ものバスを連ねて阪神、中京などの工業地帯へと出発していった。いわゆる集団就職である。あの出発風景は今でも私の脳裏から消えることはない。

井沢八郎が歌う「ああ上野駅」という歌がある。これは東北地方から東京へ向かった集団就職生の話であるが、その心情は全く同じであったろう。この歌を聴くたびに私はあの時の情景を思い出すのである。

最初に卒業させた女の子が熊本の大学に通っていた頃の体験を、次のように話してくれたことがあった。ある土曜日の午後、飯塚へ帰省するため熊本駅へ行ったところ、丁度集団就職の送迎とぶつかった。大勢の就職生たちは座席を占領し、客車の窓を開けて身を乗り出し、見送りの人たちに向かってにこやかに手を振りながらにぎやかに列車は出発した。ところが汽車が上熊本、植木と過ぎていくうちに異様に車内が静まり返ってきた。ふと周りを見渡すと、皆しくしく泣いていたという。僅か一五歳で親元を離れ、見知らぬ土地へ就職していく若者の心情は想像するにあまりがあった。何の心配もなく学生生活を送っている自分が、本当に恥ずかしかったという。

このような大勢の若者たちの働きで、今日の日本の繁栄はもたらされたのである。

昭和三八（一九六三）年の初め、最大手の日鉄二瀬炭鉱が閉山し、次々と炭鉱の火が消えていった。出炭量日本一を誇った筑豊炭田は、こうして地図上からその姿を消してしまったのである。しかも負の遺産だけがずっと後まで続くことになった。筑豊の地下には長年にわたって石炭を掘り続けた穴（坑道）が蜘蛛の巣のように張り巡らされていたが、その坑道が炭鉱の閉山によって急速に老朽化し、次々と陥没し始めたのである。

当然のことながら地表では地盤の沈下となって表れた。それを補修するための会社まで設立された。義兄（妻の兄）は日鉄からこの会社に出向して長年働いていた。今、飯塚市を訪れても、その近郊には、崩れてみすぼらしい饅頭型となり、草や雑木に覆われたボタ山の残骸だけが僅かに炭鉱地帯の名残を留めるのみで、かつて繁栄を極めた筑豊炭田の面影はそこにはない。それでも私の心の中の飯塚は昭和三〇年代前半の、あの炭鉱華やかなりし頃の飯塚である。
五木寛之の小説『青春の門』の中の一つのエピソードから作られた「織江の唄」というのがある。
勿論、作詞も五木自身である。

遠賀川　土手の向こうにボタ山の　三つ並んで　見えとらす

………

山崎ハコが切々と歌い始めると、織江の心情もさることながら、毎夕学校の帰りに遠賀川の土手から眺めた飯塚の市街と、歌詞にも出てくる住友忠隈炭鉱の三つのボタ山をはじめ、街の周辺に点在するボタ山群の風景が茫漠として心に浮かび、思わず眼頭が熱くなる。飯塚は私の青春の全てであり、心の故郷である。

私の植物人生　花に恋して

ヤハズソウの話

小学校一、二年生の頃だったと思う。親父が道端の草を引っこ抜いて、その葉っぱを両手でつまんで引っ張って見せた。それは見事にV字形に切れた。私もやってみると、同じように綺麗にV字形に切れる。面白い草だなあと思った。その草の名前など鍛冶職人の親父が知っているはずもなく、そこまでの話である。

中学二年の夏休みに理科の自由研究の宿題が出た。手っ取り早くやれるのは、昆虫採集か植物採集である。昆虫採集については嫌な思い出もあったので、植物採集をすることにした。遊び回って、残り一週間程になった時、理科の宿題を思い出し、家の周りにあった草を一〇種類程捥《も》いできて雑誌に挟んで乾かした。半乾きのものもあったが、そのまま画用紙に貼り付けて、名前も分からないまま提出した。ところが理科の先生は植物に詳しかったらしく、後日、そのやっつけ仕事の押し葉に、全部名前を付けて返してくださったのである。

その押し葉の中に、偶然にも葉がV字形に切れる草が入っていた。その草の名はヤハズソウ（矢筈草）とあった。矢筈とは矢の末端部分の、弦に番《つが》えるためにV字型に切れ込みを入れた所である。何と素晴らしい名前だろうと感心した。どんな雑草にも名前があることを知った。この感動は植物に興味が湧いた瞬間でもあった。

しかし、我が家に植物図鑑などあるはずもなく、興味は興味のまま終わり、月日は過ぎていった。

初めての本格的植物採集

福岡学芸大学（現福岡教育大学）一年生の時、夏休みの宿題として、生物の教授から「植物標本を二〇〇点作ってきなさい」という課題が出た。名前はどうして調べますかと尋ねると、「牧野富太郎という人の『日本植物図鑑』という本がある。それで調べなさい」。調べる方法を尋ねると、「方法など無い。最初から頁をめくれ」と言われる。手にしている植物と図鑑の絵とを比べながら、絵合わせで見当をつけなさい、ということらしい。

新刊の本を買うお金など無く、古本屋へ行って、終戦直後に出た紙質の悪い古本を買ってきた。植物を知らない者にとって、二〇〇種類もの植物を集めるというのは大変なことであった。植物を知らないということは、植物が見えないということである。

夏休み中歩き回ったが、二〇〇種類には僅かに届かなかった。名前を調べるのは、集めること以上に大変だった。植物図鑑は分類学に則って、きれいに科ごとに並べられているが、基礎知識もない者にとっては、手にしている植物が何という科のものか、図鑑のどのあたりに載っているか、まるで見当もつかないのである。

結局、言われるとおりに最初からページをめくった。一〇〇〇ページ以上もある分厚い本を全部めくっても、手にしている植物が出てこない。二回、三回とめくる。おそらく全部で一〇〇〇回以上はめくっただろう。それでも出てこない。それも当然のことで、日本に産する全植物が載せてあるはずもないのである。

どうしても名前が分からない標本が一割近く残ってしまった。しかし、一〇〇〇回以上もめくるうちに、この植物はキク科だなあ、これはイネ科のようだと、詳しい分類上の区別点は分からないまでも、その雰囲気で何となく分かるようになってきた。教授の狙いもそこらへんにあったのかなあと思ったことであった。

この時も此処までの作業で、その先へは進まなかった。

植物採集家としての出発

大学三年になって生物学を専攻したが、この時の教授は原生動物が専門の方で、卒論も原生動物で書き、植物とは縁遠かった。就職後の五年間は下宿住まいであったため、植物採集などできなかった。

昭和三六（一九六一）年、故郷の筑後市に帰り、定年までこの地で先生稼業をすることになった時、考えた。私のような狷介固陋《けんかいころう》な性格では管理職には向いていないので、平教員で終わろう。しかし、平凡な平教員のまま終わってしまうのは少々情けないので、何かこれだけは他の同僚には負けないぞというような、自信のあるものを身につけて終わりたいと考えた。そういう多分に不純なところから私は植物採集家として出発したのであった。

当時、できて間もない「福岡植物友の会」という植物同好会があったので、早速入会し、月に一度の植物採集会に出かけて植物の採集を始めた。初めの内は先輩諸氏に名前を教わったり、例の牧野図鑑で絵合わせをしながら名前を調べる程度で、まだまだ趣味の域を脱してはいなかった。

四年間程はそのような状態が続いたが、このように漠然と採集を続けるだけでは、弁慶の糊捏ねみたいに不完全なものにしかならないように思えた。そこで、採集する地域を決め、その範囲を徹底して調査することによって、知識を深めようと考えた。

初めは身近な所から始めることにし、我が家に近い清水山の植物を徹底して調べることによって、まず暖帯の植物からマスターしようと思った。こうして清水山を歩き回っていた頃、境久二という小学校の先生と出会った。それからの経緯は次の回顧文の通りである。

境　久　著『清水山の四季』と私

――これは小学校教師と同時に作家でもあった境久二先生が平成二一（二〇〇九）年八月に亡くなられた時、先生の追悼号として発行された同人誌『火山地帯』一六〇号に寄稿した文である。


酔いの回ってきた私たちは少し饒舌になっていた。昔の雉子車は、削った赤松の白い木肌に赤と緑の染料で染めただけの質素なもので、実に素朴な趣があってよかった。今のものはペンキでピカピカに塗りたてられ、おまけに雌の雉子車まで作られて、郷土玩具としては以前より完成したものになっているかも知れないが、これでは、あの白秋の「父恋し母恋しちょう子の雉は赤と青もて染められにけり」の感じは出てこない――などと、暮れなずむ筑後平野の麦畑を眺めながら、意気盛んであった。昭和四十一年四月の終わり頃である。

境先生と私は、滴るような新緑の中、植物を観察しながら永興寺、大観峰を経て清水谷を下り、清水寺本坊に続く台地の西の端の茶屋に上がり込んでいたのである。程よい疲れの中、筍の煮つけを肴に酒を酌み交わし、話が弾んだ。茶屋の主人は雉子車も作られている方で、主人によれば、染料で染めたものは色が褪せやすく、直ぐに汚れてしまうので、戦後になってペンキで塗るようになり、雄だけでは可哀相だと言うので、雌が考案されて現在のような姿になりましたと、申し訳なさそうに説明された。

辺りが暮色に沈む頃、やっと腰を上げ、「花咲かば告げんといいし山里の、使いは来たり馬に鞍」などと、下手糞な謡など唸りながら、旧参道を帰路についたのだった。思えば四十数年前の出来事なのに、今も昨日のことにように記憶は鮮明である。

境先生はその頃、季節による植物の移り変わりをテーマに、清水山の四季を描いた作品を計画されているようだった。初めは福島高校の大石先生の指導を受けておられた。私はその頃、丁度清水山の植物を調査中だったので、大石先生は私を境先生に紹介され、以後私が先生のお供をすることになっていたのである。

私は昭和三十六年頃から本格的に植物採集を始めていたが、難しいものは先輩に名前を教わったり、植物図鑑をめくりながら図鑑の絵と一致することを確かめ、植物の名前を知る程度で、未だ趣味の域を脱してはいなかった。したがって、私自身も勉強しつつ先生と月に二、三度は清水山を歩き回った。

清水山には谷沿いにテイカカズラが多い。常緑性のつる植物で、木の幹にびっしりと絡まっている。花は四月の終わり頃から咲き始める。径二センチ程のややクリームがかった白い花が群がって咲く。花は下の方は細い筒になり、先は五枚の花弁に分かれて開き、花弁は少し捻じれていて、まるで風車のようで実に可憐で香りもよい。境先生も大いに気に入っておられた。

これが五月の終わり頃盛りとなる。ところが花はその後も咲き続き、六月の終わり頃また盛りを迎える。境先生が、「花の期間が長いですねえ」と言って首を傾げられた。鈍な私も、花期が長過ぎる不自然さにやっと気が付いた。家に帰り、改めて図鑑を開いた。テイカカズラの仲間には、テイカカズラとケテイカカズラという二種類があることが分かった。テイカカズラは花の径約二センチ、基部の筒の細くなった部分が長く、葉は両面とも無毛、とある。一方、ケテイカカズラの方は花の径二から二・五センチとやや大きく、基部の筒の細い部分が短い。葉の裏側には密にビロード状の毛があるという。

私は急いで作っていた標本を調べ直してみた。すると、五月下旬に盛りとなった方はケテイカカズラに、六月下旬に盛りとなった方はテイカカズラに、その特徴が見事に一致した。今までこの二種をごっちゃにしていたのである。私はこれまでの観察眼の浅薄さに愕然とし、急いで先生に電話して、今までの間違いを謝ったのであった。

この時以来、私は図鑑の記載文や検索表を丁寧に読み込んで、種類の同定に正確を期するようになった。もし、境先生の一言がなかったら、私は未だに趣味の域を抜け出していなかったかも知れない。そのような意味で、境先生は私にとって大恩人である。以後、先生との長い付き合いが今日まで続くこととなった。先生はこの時の経緯を『清水山の四季』という冊子にまとめられた。幸いにも、この本は多くの方々の好評を得て、意を強くされたことであった。

この度、先生の小説家としての追悼号に、小説とは全く関係のないことを書くことについては如何かと、いささか逡巡したが、先生の人間としての幅の広さを知っていただくことも、意味のないことではなかろうと思い、あえて拙文を供した次第である。今はただ、先生のご冥福をお祈りするのみである。

［注］雉子車とはこの山の中腹にある清水寺の縁起から作られた玩具のことである。

テイカカズラの教訓

テイカカズラに二種類あることが分かった時、私は今までの勉強がいかに浅薄なものであったかを悟った。もう少し、基本からやり直さないと進歩はないと認識した。そこで、改めて分類の基礎である植物形態学と植物分類学の本を手に入れて、それらを熟読しながら植物採集を続けていった。専門用語を理解したうえで、検索表や解説文を読み込んで、同定するように心掛けた。

こうして、植物への理解が次第に深まっていった。そこで、これまで作ってきた全標本を改めて全部調べ直し、整理することにした。ごくありふれた植物でも必ず検索表をたどり、解説を丁寧に読み込んで調べ直した。すると、これまでの同定間違いが幾つも出てきたし、先輩から教わったものにも幾つもの間違いが見つかった。今では、この標本の整理が非常に勉強になったと思っている。

昭和四一年、清水山の植物目録を作り、おおよそこの地方の暖帯の植物が分かるようになった。次に温帯の植物を勉強しようと考え、八女地方の奥にある津江山地（海抜一二〇〇メートル前後）の植物を採集することにした。昭和四五（一九七〇）年、「釈迦岳・御前岳及びその付近一帯の植物」として纏め、この地方の温帯の植物を一通り理解することができた。

その後、海岸、沿海地の植物を勉強したかったが、家から近い有明海の沿岸は干拓が進み、自然海岸は殆ど無かったので、集中的に採集には行けず、玄界灘沿いの海岸を時折訪ねるぐらいしかできなかった。

スゲ属・イネ科へのチャレンジ

こうして暖帯、温帯、沿海地の植物を採集しながら福岡県の植物相が大体分かるようになってきたが、どうしても歯が立たない二つのグループが残った。それはカヤツリグサ科スゲ属とイネ科であった。この二つは独特の進化を遂げたグループであるため、その形態を表す用語がグループ独特のもので難しく、しかも九州産のものだけでもスゲ属は約九〇種、イネ科は三〇〇種近くもある大所帯である。この二つのグループを征服しない限り、種子植物をマスターしたとは絶対に言えない。

そこで、まずスゲ属からチャレンジすることにした。既に四〇歳を過ぎていた。岡山理科大学の岡本香先生のご指導を受けながら、九州産のスゲが大体分かるようになるのに一〇年程かかった。次にイネ科にチャレンジしたが、既に五〇歳になっていた。

イネ科を勉強するうちに面白い課題に出会った。ヒロハノドジョウツナギといわれている種の中に、温帯に産するものと暖帯に産するものの二つの系統があることが分かり、形態的にもはっきり区別することができるので、詳しく研究した結果、暖帯に産するものはドジョウツナギとヒロハノドジョウツナギとの間にできた雑種であることを突き止めた。

この雑種にマンゴクドジョウツナギと命名して雑誌『植物分類地理』第四〇巻第五～六号（一九八九年）に発表した。発表後、直ぐにスウェーデンとオーストラリアの学者から手紙をいただき、世界中の学者が目を通してくれていることが分かった。私もやっと植物分類の世界にたった一つだけれど、小さな足跡を残すことができたのかなあと思った。

七〇歳をとうに過ぎた頃、何とかイネ科も分かるようになってきたので、これからスゲやイネ科を勉強する人たちのために、少しは私の成果を残しておきたいと考えた。それで、熊本記念植物採集会の会誌"BOTANY"No.60（二〇一〇年）に「九州のスゲ」という題で、スゲの形態の解説と九州産ほぼ全種の検索表を載せた。また、同誌 No.61（二〇一一年）、No.62（二〇一二年）にイネ科の形態の解説と九州産イネ科のほぼ全種の検索表を載せ、スゲ属、イネ科の勉強の締めくくりとした。

琉球産イネ科植物図譜

長田先生の名著に『日本イネ科植物図譜』がある。この本の制作晩年には先生は老齢のため、線画が描けなくなられた。それで、中の五種類程は私が図を描き補充した。この図譜には琉球産のイネ科は含まれていなかったため、増補改訂の際に琉球産の種を含めようということになった。そこで、初島住彦先生にお願いして、琉球大理学部の島袋敬一教授から琉球特産のイネ科標本三〇点程を借りていただき、私が図を描いた。

しかし、間もなく長田先生が亡くなられたので、図が宙に浮いてしまった。それで、初島先生に解説をお願いして、鹿児島植物同好会会誌『鹿児島の植物』No.12（一九九二）～No.14（一九九五）に掲載していただいた。しかし、地方の小さな団体の会誌であったため、一般にはあまり認知されなかったが、琉球特産のイネ科図譜としては我が国唯一のものだと思っている。

筑後平野西部の堀に見られた植物群落の調査

一九七〇年代に入り、急速に我が国の自然破壊が進んだ。そこで、環境庁は全国的な植生調査を始めた。生態学の専門でもない私までが、その調査に何度か駆り出された。そのお蔭で植生調査の方法を習得することができたのは幸いだった。

その頃政府は、日本農業の近代化、機械化を進めるためには、どうしても農業の構造改善が必要であるとして、機械化に適した農地の改良に着手した。筑後平野の西部一帯は、縦横に張り巡らされた堀（クリーク）の水を利用する水田地帯が広がっていた。堀は様々な形をして蜘蛛の巣のように繋がっており、水田もそれにつれて歪な形をしていて、とても大型の農業機械が使える状態ではなかった。そこで、堀を埋め立て、水田は長方形の短冊形に、農道は広くとり、堀は直線的な水路に造り替えて、機械化に適した状態にするという計画である。

こうして、これまで何百年もの間利用してきた堀は、消滅してしまうことになった。堀には沢山の水生植物が繁茂し、独特の植物群落が見られ、豊かな植生が広がっていたが、これも同時に消滅することになってしまったのである。何とかしてこの豊かな植物相を記録に留めておく必要があると思った。

そこで、二五〇〇〇分の一の地形図「羽犬塚」の中から三〇カ所程の堀を選び、その三〇〇分の一縮尺の図を作り、其処に見られる植物種と、水面、水中の群落図を作って記録していった。調査は数年にわたった。その記録は福岡植物研究会の会誌『福岡の植物』第五号（一九七九）〜第六号（一九八〇）に発表した。改良後にできた直線的な用水路には、五〇年後の現在でも、かつての堀の植生は復活していない。今では貴重な記録になったと思っている。

スゲの葉の表面模様の観察

環境庁の植生調査に関わっていた頃、何とか解決したい問題があった。植生調査は季節と関わりなく実施されるが、スゲやイネ科の植物は出穂《しゅっすい》期でないと、なかなか名前が分からない。葉っぱだけでは殆ど種を同定することができないのである。

色々試しているうちに、スゲの葉の表面には種独特の模様があり、スンプ法に似た方法で観察できることが分かった。商品名「セメダインC」（硝酸セルロースと酢酸セルロースの混合物）を生葉の表面に塗り付け、乾いてから剝がし、スライドガラスに張り付けて、視野を暗くした顕微鏡で観察すると、見事に模様が浮かび上がるのである。その模様が種によって独特であることが分かった。

また、節（属の中のグループ）によって模様に類似性があることも分かった。これはスゲの系統分析に有効なことも分かった。しかし、出穂期でないと名前の同定ができず、生葉からでないと観察ができない。

四年程頑張ったが結局、七〇種程しか観察することができず、スゲ属全体について考察することができないまま終わった。その経過は雑誌『福岡の植物』に発表した。この表面模様の観察は、種の同定や系統分析には有効な手段であると、今でも思っている。

手書きにこだわった植物図鑑の制作

私が師事していた長田武正博士から幾度となく言われたことがある。「益村君、君が頭の中になんぼ沢山のものを詰め込んでいても、死んでしまったら灰になるんだよ。零になってしまうんだよ」。これは、頭の中にある知識は、形あるものにして後世に残しておくように、ということだろうと思った。先生は沢山の本を執筆され、立派な足跡を残されている方である。しかし、私の頭の中の知識は、幾つもの図鑑や植物誌などから仕入れた既存の知識が全てで、残しておくようなオリジナルな知識は無いと思っていたので、いつも笑って聞き流していた。

ところで、私は方々の植物観察会に参加することがあるが、初心者の方々からよく質問されることがある。自分で名前を調べようと思って植物図鑑を買ってくるが、今自分が手にしている植物が何科のものかも分からないので、まず図鑑のどの付近を開いたらよいか見当がつかない。幾冊にも分かれている図鑑など、どの巻を見たらよいかも全く見当がつかない。やっとそれらしい植物の図に出会っても、今度は解説が専門用語ばかりで、何のことを言っているのかさっぱり理解できない。もう少し初心者にも引き易い図鑑はないでしょうか、というのである。

そのような図鑑など一冊もない。私自身大学一年の時、牧野図鑑をめくりながら、全く同じ思いをしたことを思い出した。それで、私だったら、植物の知識など全くない者でも調べ易い、初心者向きの植物図鑑が作れるのではないかと思った。

以上のような理由から、平成三（一九九一）年、退職して時間ができたのを機に、図鑑作りの計画を始めた。どのような形にしようかと考えた。まず、分類学を無視することにした。学者なら絶対にやらないことであるが、どんな初心者でも分かるような特徴をもとに、植物を並べ替えようと思った。

植物の分類は生殖器官である花の仕組みを中心にして、グループ分けがなされている。しかし、この花の仕組みが複雑で、初心者にはよく分からないから困るのである。そこで、この難しい分類を完全に無視して、全ての植物をばらしてしまい、どんな初心者にも分かるような特徴を元に、新たにグループを作り直すことにした。草か木か、直立しているか倒れているか、単葉か複葉か（これは図示した）、葉縁がなめらかであるか鋸歯や欠刻があるか等々、どんな初心者でも直ぐに分かるような特徴を元に、一二のグループに組み替えてしまった。

各グループ内では絵合わせで植物に辿りつけるようにした。解説には殆ど専門用語は使わないように心掛けた。どうしても使わなければならなかったものは巻末に解説した。近年出版されている図鑑は殆ど写真版であるが、写真では肝心の所が不鮮明なことが多いので、あくまで手書きの線画に拘った。俳句や短歌を作る人に、意外と植物の名前を知りたいと思っている人が多いので、野生植物に関係する季語と、俳句、短歌の作例を載せた。

五年程かかってしまったが、平成七（一九九五）年『絵合わせ　九州の花図鑑』が完成した。幸い初心者の評判は良くて、このような専門書としては珍しく、三刷までいった。ただ、植物に詳しい人の評判は良くなかった。一つの科が幾つものグループにばらばらになってしまっているため、どの付近に載せてあるか、かえって分からなくなっているというのである。そのような批判が出ることは承知の上の仕事だったので、その批判は甘んじて受けている。

『九州の花・実図譜』出版の経緯

平成一〇（一九九八）年五月三一日深夜（六月一日未明）、隣家の製材所から出火して、我が家も類焼してしまった。娘が第一発見者であった。パチパチという音で目が覚め、外を見ると、隣の工場から黙々と異煙が立ち上っていた。直ぐに消防署に連絡したが、一度電話を置いてから架け直してくれ、と言う。おそらく、いたずら電話などが多くて慎重を期したのであろうが、ぐずぐずしているうちに我が家に火が移ってきた。

娘は寝ている妻に連絡して外へ飛び出した。妻は老母を担ぎ出すのが精一杯であったと言う。私は植物採集のため、夜行の特急で鹿児島に向かっていた。車内放送で我が家の火事を知らされ、八代駅から上りの特急に飛び乗って四時頃帰り着いたが、家は既に灰になっていた。コツコツと集めてきた沢山の書籍と、必死で集めたスゲやイネ科の文献、六〇〇〇点を超すスゲ、イネ科の標本をはじめ、これまで集めてきた多数の標本等々が全て灰燼に帰してしまった。

これ以上植物の研究が続けられなくなり、暫くは呆然としていたが、植物図鑑だったら大した文献がなくてもできるのではないかと考えた。『絵合わせ　九州の花図鑑』は殆どが白黒の線画であったため、今度は正しく分類学に則ったオールカラーの図鑑を作ろうと決めた。しかし、私は絵は全くの素人で、水彩絵の具が上手く扱えず、色鉛筆で描くことにした。現在の色鉛筆は一〇〇色とか一五〇色のものがあり、二、三色重ねると、かなりの色が表現できる。ところが色鉛筆では図の輪郭がどうしてもシャープに描けない。そこで、万年筆で黒い縁取りをして描くことにした。早く言えば塗り絵のような描き方である。

一番苦労したのは葉脈であった。色鉛筆では葉脈がどうしてもうまく描けない。葉脈は植物を同定する際の重要な区別点なので、何とかして丁寧に描いておきたいのである。実際の葉脈は周りとの色の違いではなく、線状に盛り上がっているか凹んだ溝になっているかという、陰影の違いで認識できることが多い。これが色鉛筆ではどうしても表現できない。

それで、本当の姿ではないが、誤魔化してそれらしく描くことにした。まず、周りの色より少し薄い色鉛筆で葉脈の線を引く。その上を、ガリ版印刷用の鉄筆で傷をつける。そうすると、鉄筆の跡が凹んでいるので、全面に色を塗っても脈上には色がつかず、葉脈がはっきりと浮かび上がるのである。

また、写真版の図鑑では表現できないような工夫もした。花や葉の形を正確に表すために、これらを描く時には斜め上からの視点で描く。しかし、これでは茎が寸詰まりとなり、枝や葉の出方が上手く表せないので、茎、葉の出方が分かるように、これらを描く時には、あまり不自然にならない程度に真横からの視点で描く。葉の裏に特徴がある場合には、少々無理して葉裏が見えるように工夫する。つまり、私が描くのは単なる植物のスケッチではないということである。

こうして描いていくと、一種類描くのに少なくとも二、三日はかかってしまう。色を付けるためにはどうしても生の植物が必要であるが、多種類を一度に採集してくることができない。冷蔵庫に入れてもせいぜい一週間程しか持たない。仕方なく、沢山採ってきた時は、まず生きた姿を写真に撮り、各部の色は鉛筆の番号で記録し、押し葉にしておく。冬期の暇な時にその押し葉を取り出し、写真を見ながら描いていった。

しかし、一人でオールカラーの図鑑を作ることが、いかに大変な作業であるかということが身に染みて分かった。自分の年齢から考えて、図鑑の完成が怪しく思えてきた。それで、出版社と相談して、植物図がある程度溜まったところで、シリーズ物として順次出版していくことにしたのである。あくまでも、最終的には一冊の図鑑に纏めるというのが目的であった。

しかし、仕事は順調に進まなかった。平成一二年の秋、大病をして一カ月程入院した。その年の暮れ、一人息子が三七歳で急死した。私の衝撃は大きかった。半年ほどは呆然とした日々が続いた。これでは私自身が駄目になってしまうと感じたので、無理をして植物図に取り組んでみたところ、植物図に集中することで気持ちが次第に楽になっていった。これは私にとって写経だと思えてきた。少しずつ写経の植物図も溜まり、やっと平成一五（二〇〇三）年『【原色】九州の花・実図譜 Ⅰ』の出版に漕ぎ着けることができた。

その後、第Ⅳ巻までは二年ごとに出版してきたが、手に入りやすい植物から描いてきたので、次第に植物が手に入りにくくなってきた。その上、加齢のためもあってか根気が続かなくなり、第Ⅴ巻には五年（二〇一四年）、第Ⅵ巻（二〇一八年）には四年もかかってしまった。最後の方は手が震えて細い線が引けなくなってしまい、次第に描くことが無理になった。

そのようなわけで、第Ⅵ巻をもって終わりとすることに決めた。それでこの最後の巻には、これまで描いてきた一三〇〇種類余りの全種の目録と、総索引を載せてシリーズの締めくくりとした。最終的に一冊の本にまとめることは断念せざるを得ず、実に無念の想いであるが、初めからそもそも無理な企画であったことでもあるし、仕方がなかったと自分を慰めている。

この手書きに拘った図鑑の制作などが認められ、日本植物分類学会から平成二六（二〇一四）年、第一三回日本植物分類学会賞を受賞することができた。専門の分野では少しは私の仕事が認められたようで、これで良かったのだと自分を慰めている。

植物採集家としては、火事によって多くの標本を焼失してしまい、大した功績を残すことができなかった。このことだけは実に残念である。

マンゴクドジョウツナギ物語

イネ科にドジョウツナギ属というグループがある。九州では四種が記載され、その内の一種は帰化植物である。帰化種を除く三種の内、ムツオレグサ、ドジョウツナギは確認できたが、残りのヒロハノドジョウツナギがどうしても発見できないでいた。昭和五八（一九八三）年頃のことだった。北九州市の植物採集家時田房恵さんが「ヒロハだったら家の近くにありますよ」と言われるので、案内してもらった。

田圃沿いの用水路の中に、ドジョウツナギよりずっと背が高く、大きなドジョウツナギが群生していた。「これは長田武正先生がヒロハノドジョウツナギと同定されたので間違いないと思います」ということだった。沢山採集して帰り、文献を調べてみると、ドジョウツナギは小穂の長さが二〜二・五ミリメートル、ヒロハノドジョウツナギは二・五〜四ミリメートルとある。採集してきたものは二・八〜三・四ミリメートル位あった。もう一つ、内花穎の内側がドジョウツナギは大きく膨らんでいるが、ヒロハノドジョウツナギは殆ど膨らんでいない、と記載されているが、採集品では少し膨らんでいる程度である。これはどう見てもヒロハノドジョウツナギの範疇に入る。ドジョウツナギより背丈も茎も大きいし、葉幅も広いので、ヒロハノドジョウツナギに間違いないと思った。

また、植物仲間の猪上信義氏が宗像市で採集しておられたので、そこへも行って採集してきたが、これも北九州市のものと同じ形であった。

その頃、熊本市江津湖周辺の植物を熱心に調査されていた馬場美代子さんから、江津湖と、熊本市清水町万石産のドジョウツナギ属標本の同定依頼があり、それは福岡県産のヒロハノドジョウツナギと同じ型だったので、ヒロハノドジョウツナギですと返事をしておいた。

ところが、神戸市の採集家清水孝浩氏が熊本に採集に見え、万石のドジョウツナギを見て、これはヒロハではないと言われた、とのことであった。神戸に持ち帰り、「詳しく調べた結果、一応ドジョウツナギとしておきます」と結論づけられたという。しかし、私は小穂の長さや全体の形から して納得できないでいた。間もなく、清水氏から「これが本当のヒロハです」と言って、北海道白糠産のヒロハノドジョウツナギの標本が馬場さんの所へ送られてきたので、馬場さんはそれを私のところへ転送してくださった。それを見て私は驚いた。明らかに福岡県のヒロハとは違う。葉も茎もより大きく、小穂は四ミリメートルもあり、その色は福岡県産のものよりずっと濃色である。私の同定が少々怪しくなってきた。

そのすぐ後で、熊本の佐藤千芳氏が、ヒロハなら阿蘇の瀬ノ本にありますよと教えてくださったので、早速案内をお願いした。馬場さんも加えて三人で瀬ノ本へ出かけた。昭和六〇（一九八五）年八月三一日、残暑の厳しい日だった。瀬ノ本のものは清水氏の標本と全く同じ型だった。小穂の長さも四ミリメートルあり、色も濃色だった。そして、現場でないと分からないような違いが見られた。北九州へ出かけたのは七月の初めだった。馬場さんの標本は六月に採集されたものだった。そのことから類推すると、花は五月には咲いていたと考えられる。瀬ノ本のものは完熟していてまだ果実がついている。どう考えても七月の終わりか八月に入って開花したとしか考えられない。

図鑑などの記載によると、ドジョウツナギは五、六月に開花し、ヒロハノドジョウツナギは七、八月に開花するとあり、開花期も北九州や江津湖のものはドジョウツナギに近く、瀬ノ本のものはヒロハノドジョウツナギに一致する。また、北九州、宗像のものは緩く株立ちになっていたが、瀬ノ本のものは一本一本ばらばらに立っていて株を作らず、掘ってみると地下茎でつながっている。形態が全く異なっていた。そのような特徴はどの図鑑にも、どの植物誌にも全く記載が無いのである。これはどうしても原記載を調べる必要があると思った。

ヒロハノドジョウツナギは、昭和六（一九三一）年に大井次三郎博士が『植物学雑誌』に新種として発表されたものだった。それで文献を広く集めておられた静岡市の大村敏郎氏にお願いして、大井先生の原記載をコピーして送っていただいた。ところが全文ラテン語の論文で、私には全く読めない。お手上げ状態だったが、昭和六三（一九八七）年になって至文堂という出版社から『植物学ラテン語辞典』という本が出版され、ラテン語の知識の無い私でも、何とか論文が読めるようになった。読み進めると、原産地は岡山県で、この種は温帯域に産し、株を造らず単立する、と書いてある。小穂の長さも四ミリメートルとある。瀬ノ本は海抜八七〇メートル前後の標高で温帯域の下部に入り、その他の特徴も全く原記載と一致するので、瀬ノ本のものはヒロハノドジョウツナギに間違いないと思われた。

一方、北九州、江津湖、万石、宗像全て海抜一〇〇メートル以下の暖帯であり、単立せず株を作り、小穂の長さもやや小さく、どう考えても原記載とは一致しないことが分かった。それでは、現在発行されている図鑑類や植物誌には、単立するとか、温帯に産するという記載がどうして無いのだろうか。これは私の想像であるが、新種発表後に北九州や江津湖産のようなタイプが発見され、これもヒロハノドジョウツナギと考えられたので、単立することや、温帯に産するという特徴が省かれ、小穂の長さも範囲が拡げられて、現在のような記載となったのではないかと思っている。

しかし、私はこの二つはどうしても異なる分類群としか考えられなかった。もう少し詳しく調べてみる必要があると思ったので、時田さんにヒロハノドジョウツナギの穂が出たら連絡してくださいとお願いしていたところ、五月に入ると直ぐに出穂したとの連絡があった。どう考えても早すぎる。

六月になり、充分結実した頃を見計らって採集に出かけた。沢山採集して標本を作り、まず小穂を解剖してみた。驚いたことに、全く結実していない。葯《やく》も縮れていて裂開しておらず、中には完全な花粉は見られず、小さく萎んだ花粉が少しあるだけで全く不稔であった。急いで宗像、江津湖、万石の標本を調べてみると、いずれも全く不稔であった。これはひょっとしたら雑種ではないかと思った。しかし、不稔というだけで雑種と断定するのは早計なので、もう少し詳しく調べてみる必要があった。

そこで、栽培して色々と形態を比較してみることにした。福岡県の二カ所からドジョウツナギを採集し、雑種と思われる四カ所から採集し、典型的なヒロハと思われる瀬ノ本のものを採集して、全部をプランターに植え込み、栽培しながら観察を続けた。

すると、色々と新しい知見があった。ドジョウツナギは花期が終わる頃になると、株元から新しいシュートが伸びてくる。或る程度伸びると倒れて、その先に新しい芽を作る。芽は成長して株となる。つまり、匍匐《ほふく》枝を伸ばしながら栄養繁殖をして増えていく。一方、ヒロハノドジョウツナギの方は、根元から地下茎を伸ばしてその先が立ち上がり、新しい芽が成長する。その根元からまた地下茎を伸ばして立ち上がり新しい芽となる。こうして全て単立し、株を作らない。

それでは雑種と思われるものはというと、ドジョウツナギと同じように匍匐枝で増えている。丁寧に掘り出して地下の様子を調べてみると、典型的なヒロハほど長くはないが、明らかに地下茎を伸ばして新しい芽を作っている。これは四カ所とも同じであった。匍匐枝で増える点はドジョウツナギの特徴であり、地下茎で増えるところはヒロハノドジョウツナギの特徴で、両方の特徴を併せ持っていることが分かったのである。これは雑種に間違いないと思った。

それで長田先生に発表してよいかどうか相談すると、先生は慎重で、染色体数を調べてみると確実だがと言われた。そこで、押しつぶし法により根端細胞で調べて見たが、素人の私ではなかなか染色体が広がらず、苦労した。また、既に染色体は調べられているかも知れないと思ったので、岡山理科大学の星野卓二先生に調査をお願いした。直ぐに調べていただき、ドジョウツナギについては筑波大学の舘岡亜緒先生の報告が二点程あり、いずれも四〇本となっている。ヒロハノドジョウツナギについてはまだ報告が無いようだということで、論文のコピーまで送っていただいた。

実験を続けるうちに少しずつ良いプレパラートができるようになってきた。ドジョウツナギについては福岡県産のものも二カ所とも四〇本であった。これで少し自信がつき、次に瀬ノ本産に挑戦した。ところが、瀬ノ本のヒロハノドジョウツナギでは二〇本しか数えることができない。一般に同じ仲間では染色体数が倍加すると、形態も大きくなるのが普通なので、この場合は逆で非常に不安になったが、当時はヒロハは瀬ノ本産しか知らなかったので、次に雑種と思われるものを調べてみた。ところが、四カ所とも三〇本であった。この結果から両種の雑種であることが確認できた。長田先生も納得された。

雑種は名前を付けても付けなくてもよいことになっているので、先生に相談すると、今までこの両者は区別されないできた節もあり、この場合は名前を付けておいた方が親切ではないかと言われるので、名前を付けることにした。四カ所の内、最も中間的な形態を持つ万石産の標本を基準標本とすることにした。それで、和名をマンゴクドジョウツナギとし、学名は最初に雑種の存在(当時はヒロハと思われていた)を教えてくれた時田さんを記念して、「グリケリア×トキタナ」に決めた。そこで、京都大学から出版されている『植物分類地理』という雑誌に載せていただけるかどうか尋ねたところ、載せてあげようということになった。

私は新種記載の論文など書いたこともなかったので、京都大学の村田源・小山博滋両先生に指導していただくことになった。まず、九州で今までヒロハノドジョウツナギとされた標本を調べ直しなさいとの指示があった。それで熊本大学の標本を調べさせていただいたところ、ヒロハノドジョウツナギと同定された八点の標本の内、六点は雑種で、九州でも今まで一緒にされていたことが分かった。

二人の先生には論文の形式のご指導から、新種記載のラテン語の訂正までしていただいた。晴れて『植物分類地理』第四〇巻第五～六号（一九八九年）に、私にとっては初めての論文が載ったのであった。発表されると直ぐに、ほぼ全国から産地の報告があり、この雑種が広く分布していることが分かった。

論文発表後、小山先生から「この雑種がどうして生まれたかを検証することが、これからの貴方の仕事ですよ」と念を押されていた。しかし、専門家でもない私にそんなことができるはずもなく、そのままになっているが、想像だけはしている。今から一万年前までは、地球は最後の氷河期で寒冷化していた。そのため、涼しい所が好きなヒロハノドジョウツナギは、低地のドジョウツナギの分布域にまで進出していた。一方ドジョウツナギは、寒冷化によって開花期が遅くなっていた。こうして、両者は同じ所に生え、開花期も重なって、方々で雑種が形成されたのではないかと思っている。最後の氷河期が終わって、地球は再び暖かくなり、ヒロハノドジョウツナギは涼しい温帯域に後退し、開花期も離れて、再び雑種を作る機会はなくなったが、ドジョウツナギの血を受け継いでいるこの雑種は、低地にも適応することができ、氷河期終了後の八〇〇〇年間を、両親から受け継いだ栄養繁殖だけで生き抜いてきた、と考えることができる。それが証拠に、現在この雑種が分布しているのは、殆どが低地のドジョウツナギの分布域と重なっていることからもうなずけると思う。

同じように、氷河期にできたと考えられる植物は、他にも考えられる。私はオオフユイチゴがそうではないかと思っている。オオフユイチゴはフユイチゴ（花期は秋）と、ホウロクイチゴ（花期は春）の雑種起源だと考えられているが、これも氷河期に開花時期が重なり、雑種が形成されたと考えると納得がいく。調べればまだ他にも見つかるかも知れない。科学の進歩によって、現在はDNAを調べれば両親を突き止めることができるそうであるが、マンゴクドジョウツナギについての報告は聞かない。

第二部　随想

教室で話したかった雑談

これは、平成三（一九九一）年三月、三五年間勤めた教師生活を終えるに際し、その当時教えていた生徒の内、希望者に配布したものである。したがって、内容はあくまでも中学生向けに書いたものである。

はじめに

今私は、三五年間勤めた中学校の教壇を去ろうとしている。私は欠点の多い人間で、失敗も多かったし、間違いも沢山やった。思えば悔いることのみ多かった教師生活であった。そしてそのことは、教え子や同僚の先生方に頭を下げて謝る以外にないと思っているが、教壇を去るにあたって、一つだけ本当に心残りなことがある。それは、授業中に殆ど雑談をしなかったことである。

振り返って、私の中学、高校時代を思い出すと、教わった多くの先生方の顔が浮かんでくるが、懐かしい顔と一緒に思い出すのは、習った教科のことではない。むしろ教科の内容など、とうの昔に忘れてしまっている。よみがえってくる記憶の殆どは、授業の合間にしてくださった雑談である。ある先生は自分の家庭のことを、少年の日の懐かしい思い出を語ってくださった。また、ある先生は学生時代の失敗談を、軍隊時代の悲しくも可笑しい物語を話してくださった。若い化学の先生は学徒動員先の軍需工場で空襲に遭った時の恐怖を、ペーソスをまじえて話してくださった。ハンサムな中年の先生は恋愛についての蘊蓄《うんちく》を傾けてくださったが、それら雑談の数々が、私の人間形成にとっていかに多くの糧となり、栄養となったかを思う。

それでは、私はなぜ雑談をしなかったのか。できなかったと言った方が、本当のことかも知れない。

私が就職したのは一九五六年、朝鮮戦争の特需によって、日本はやっと戦後の混乱期から抜け出し、この年の『経済白書』が「もはや戦後ではない」と言い切った年であった。経済的にゆとりのできた人々は、子供の教育に力を入れ、貧しかったがために果たせなかった自分たちの夢を子供に託し始めた、丁度その頃である。まさに受験戦争のはしりの時であった。

それでも初めの十年位は、時間的に忙しかった割には、授業にはゆとりがあったように思う。しかし、最後の十四、五年は、詰め込み教育の反省から授業時間が少なくなり、表面的にはゆとりができたのだが、逆に毎時間の授業そのものは、次第にゆとりがなくなってきた。受験戦争は激しくなるばかりで、そこには何らゆとりなど生まれる余地はなかったのである。

むしろ、有名私立高校の入試に至っては、通り一遍の教科書の内容を理解したぐらいでは、逆立ちしたって合格できないほど難しくなった。もし、「この部分は読めば分かるから自分で勉強しておけ」などと言って教科書を飛ばしでもしたら、「あの先生は教科書すら満足に教えてくれない。

あんな先生に習ったお蔭で、うちの子は受験に失敗してしまった」などという親の批判を一身に受けねばならなくなる。

親にゆとりが無くなるにつれて、生徒にも次第にゆとりが無くなってきた。教科書を離れた話など始めると、「そんなこと勉強とは関係ない」とばかりに塾の宿題など始める生徒が現れ、教師は話の腰を折られてしまう。今、中学校全体が、授業中の教師の雑談を受け入れるほどの細やかなゆとりすらも、無くしてしまいつつあるのである。

しかし、今ここで日本の教育の根本的な欠陥を並べ立てても始まらない。いやむしろ、私が雑談を始めたら、きっと何人かは聞いてくれる生徒がいたに違いないと思ったら、それらの生徒たちに済まない気持ちでいっぱいになった。それでこの小文を書き、私が本当に教室で話したかったことを、幾つかでも伝えることができたらと想い、筆をとることにしたのである。

体験

中学三年の時、Sという国語の先生がおられた。その先生の子供の頃、初めてその村に電灯がついたという。それまで毎夕、ランプの火屋《ほや》磨きは子供の仕事であったが、それをしないで済むようになった。その嬉しさよりも、本当に不思議で興味深かったのは、どの家庭も全く同時に点灯することだったという。

その当時は、電力会社は夕方にならないと一般の家庭には送電しなかったのである。それで、夕方になると、近所の子供たちは連れだって集落が見渡せる近くの小高い丘に集まった。そして、遠くの集落と自分たちの集落の、どちらが早く電灯が灯るか、目を凝らして待った。当然のことながら、それはいつも同時に灯った。しかし、子供心にはそれが何とも不思議で、魔法のように思われて仕方がなかったと言う。九州の片田舎で、初めて文明の利器に出会った少年の日の驚きと感動を、まるで昨日のことのように、懐かしそうに話されたものである。

高校の時、数学を教わったN先生は、第二次世界大戦で中国に従軍された。先生の部隊が、ある敵の陣地を攻撃することになった。前後二手に分かれて進撃を始めたが、この様子を察知した敵は、いち早く陣地を捨てて後退してしまっていた。日本軍はそのことを知らず、後方に回った部隊は交戦することもなく、敵の陣地に入った。占領した陣地に日の丸の旗を立てる余裕もなく、前方の部隊は敵陣に人影を見て攻撃を始めた。陣地の部隊は、てっきり敵が反撃をしてきたと思い、直ちに応戦した。

ここに、不幸にも同士討ちが始まったのである。この時、近くにいた小隊長が弾に当たり、のけぞって倒れるのが見えた。やがて、陣地の部隊は、いつもの敵の攻撃の仕方とは少し様子が違うことに気づき、急いで陣地に日の丸の旗を掲げた。それを見た前方の部隊も同士討ちであったことが分かり、直ちに攻撃をやめた。

しかしその時、不運にも味方の弾に当たって倒れた小隊長は、すでに息を引き取っておられた。亡骸《なきがら》を毛布にくるみ、棒に縛って戦友と二人で担いだ。傷口から流れ出る血は毛布を浸し、雫となって路上に落ちた。ぽたり、ぽたりと落ち続ける真っ赤な血の雫を見ながら、この時ほど戦争の残酷さと虚しさを感じたことはなかった、と先生はしみじみと話された。

また先生は、「君たちは強くてかっこいいヒーローが活躍する戦争映画を数多く観てきただろうが、実際の戦争はあんなかっこいいものではない。そこには、命の尊厳を抹殺された人々の、果てしない殺し合いの残酷さと悲惨さがあるだけである」とも話された。

N先生の体験は、第二次世界大戦という大きな歴史の激流の中にあっては、ほんの些細な出来事の一つに過ぎなかったかも知れない。しかし、先生にとっては、その後の人生を規定するほどの、実に大きな出来事であったのであろう。

小学校の高学年で、初めて日本の歴史を教わった。私にとっては、大化の改新（六四五年）も、天下分け目の関ケ原の戦い（一六〇〇年）も、日露戦争（一九〇四～五年）も、時間的な距離感はほとんどなく、いずれも遠い昔の歴史上の出来事に過ぎなかった。

しかし、父は日露戦争を知っていた。日露戦争とは、日本と当時のロシア帝国とが、朝鮮、中国東北部の覇権を巡って激突した戦争である。戦場ではかろうじて日本が優勢であったが、日本の内情はすでに兵力も財力も底を尽き、これ以上戦いを続けることができなくなっていた。時のアメリカ大統領の仲介で、かろうじて講和に漕ぎ着けることができたが、一般の国民はこの日本の窮状を知らず、ただ戦争に勝ったと思い込み、全国津々浦々まで戦勝祝賀行事が催されたという。

そして、この田舎町羽犬塚でも提灯行列があった。一九〇一年生まれの父は、その時四歳位であったろうが、父親の肩車の上から見た提灯行列を、「今でもはっきり覚えている」と言っていた。それが父の人生における、一番最初の記憶であったらしい。よほど強烈な印象を受けたのであろう。私は父の話を聞きながら、間接的にしろ日露戦争を初めて身近な出来事として実感したのである。

思えば、私が父から日露戦争の話を聞いた時、まだその戦争が終わって四一、二年しか過ぎてはいなかったはずだ。それでも私にとってその戦争は、父の話を聞くまでは関ケ原の戦いと全く同じ次元の、遠い歴史上の出来事にしか思えなかったのである。

太平洋戦争が終わって、すでにそれ以上の年月が過ぎた。戦後生まれの人たちにとっては、やはりこの戦争も、単なる歴史上の一事件に過ぎなくなっているのかも知れない。しかし、私たちの周りには、この戦争の体験者が沢山いるのである。どんな些細なことでも聞き捨てないで、その人たちの体験談には素直に耳を傾け、この悲惨な戦争を、少しでも身近なものとして追体験してほしいものである。

父の幼い日の記憶によって、私は日露戦争を間接的ながら実感することができたし、S先生からは、田舎の村がやっとささやかな文明の恩恵に浴することのできた少年の日の喜びを語ってもらった。また、N先生の話によって、実際に参加することのなかった戦いの虚しさを知ることができた。

実際に体験や経験をした人と、しなかった人との間には、そのことに関する意識や感懐に、おそらく雲泥の開きがあることだろう。しかし、私たちはその体験談を聞くことにより、及ばずながらもその意識を深めることができるのである。

一九八九年の秋、東ヨーロッパには自由の嵐が吹き荒れ、ついに東西対立と冷戦の象徴であったベルリンの壁が崩れた。その頃のNHKテレビの特集番組で、長年記者として活躍してこられた磯村尚徳さんが、大戦後の世界の大きな事件や、歴史の方向を決めたような首脳たちの会談に、その生き証人として立ち会い、歴史の流れを凝視し続けて、ついに今日の日を見るに至ったことを、実に感慨深げに語っておられるのを聞き、大変感動したことがあった。そこには、実際に体験した人のみの持つ万感の想いが言葉の端々に溢れていた。そして、テレビを観ている私たちにも、その想いがひしひしと伝わってきたのである。

しかし、そんな大袈裟な話を持ち出すまでもなく、どんな些細なことでも、実際に体験した人の話には、いつも私は、その人のみの持つ体験の重さを感じる。昔の話を持ち出すと、若い人は「そんな昔のことを言ったって、現代には通用せん」とか、「そんなこと、私たちには関係ない」などと言って、一笑に付してしまう。しかし、過去の出来事の集積の上に現代はあるのであり、私たちは、過去と無関係に生きていくことはできないのだから、若い人は「またか」と思っても、老人の体験談には素直に耳を傾けてほしいし、年配の者は、老人の繰り言とけなされても、ささやかな歴史の証人として、昔の体験を語り続けてほしいと思う。

［追記］この文を読んだ伯父（母の兄・平井保）は、彼の父（私の祖父・平井芳太郎）から聞いた体験談を、次のように話してくれた。祖父は仲の良い友人二人と相談した。このような狭い日本の片田舎に居たって、到底「うだつ」は上がるまい。いっそ大陸に渡って一旗揚げようではないか、ということになり、たちまち話がまとまった。司馬遼太郎が言うように、明治の若者は極めて楽天的であったようだ。一八八二年生まれの祖父は当時は二三歳位であったろう。

こうして、三人は朝鮮へ渡ったのである。そこで、祖父たちは怪しからんことに贋金づくりをやったという。ガチャン・ガチャンと機械を動かすと、簡単に硬貨が出てきた。まるで、打出の小槌である。相当稼いだので、次に満州（今の中国東北部）へ行こうではないかということになった。しかし、当時の満州は治安が悪く、馬賊なるものが割拠していて、命の保証がないような状態であった。祖父は一人息子の跡取りであったため、「お前は郷《さと》へ帰れ」ということになって、祖父だけ一人帰郷した。残った二人は、鴨緑江を越え、奉天（今の瀋陽）へ行った。

ところが、丁度その時、日露戦争が始まったのである。折しもクロパトキンが率いるロシアの大軍が奉天へ進駐してきた。二人は日本のスパイと間違われ、囚われてペテルブルクへ移送されてしまった。二年にわたる捕虜生活ののち、ポーツマス条約の締結により釈放されて、ドイツのベルリンへ移送された。二人は商船に乗せてもらい、ドイツから大西洋、インド洋と航海して、やっと日本へ帰ることができた。当時としては破格の大旅行をしたものである。

祖父も日露戦争といささか関わっていたことを知り、日露戦争がまた少し身近なものとなったことである。

視点

美しい花を咲かせる植物は多い。大輪のバラの花は実に豪華で艶やかであるし、野に咲くスミレもまた可憐で美しい。しかし、古来日本では、花と言えば桜のことであった。私をはじめ日本人は非常に桜が好きらしい。桜を詠んだ短歌や俳句を幾つか挙げてごらんなさいと言われたら、誰だってすぐに二つや三つは挙げることができるであろう。すでに『万葉集』の中に桜を詠んだ歌が四二首もあるという。播磨娘子《はりまのおとめ》という人は特に桜が好きだったらしく、集中八首もの歌がある。

　春雨に争ひかねて吾がやどの桜の花は咲きそめにけり

暖かい春雨に争いかねて、ちらほらと蕾がほころび始めた桜の風情をとらえて妙である。

　春雨はいたくなふりそ桜花いまだ見なくに散らまく惜しも

仕事にかまけてまだ花見にも行きそびれているのに、なんと今日は無情の雨、ああこれで満開の桜も散ってしまうだろうなあ、と残念がる気持ちは、まさに現代人と同じである。近代歌人では、窪田空穂に桜の歌が多い。

一本の吾が庭ざくら移ろいの止まぬ見せつつ咲きて散りゆく

移ろいやすい花の命の短さを惜しむ心が言外に溢れていて、好きな歌の一つである。俳句のことはよく知らないが、桜を詠んだ短歌を挙げるとしたら、枚挙にいとまがないであろう。これからの歌人は大変だろうなあ。どんなふうに桜を詠んだところで、結局誰かの物真似になってしまうのではないだろうかと、他人事ながら思っていた。ところが、尼崎市に住む老歌人、頴田島一二郎の歌にこんなのを見つけた。

枝離れ散り行く先は分かるまい分かるものかと桜散り継ぐ

私はうーん、なるほどと思った。今まで桜と言えば、はかないもの、移ろいやすいもの、潔いものの象徴として捉えてきたように思う。そして、今日まで詠まれてきた短歌の多くもまた、そのような視点からの歌が多かったように思う。しかし、この歌は空穂と同じように桜の散る様を詠みながら、全く視点が違うのである。

私はこの歌を最初見た時、すぐに湯川秀樹博士を思い出した。言うまでもなく博士は、日本で最初にノーベル賞を受賞された、あの著名な理論物理学者である。いつだったか、ある雑誌の対談で博士が、「たとえば東京タワーの天辺から一枚の紙を落としたとします。紙はひらひらと舞いながら、必ず地上に落ちる。しかし、地上のどこに落ちるかということは、現代の物理学では絶対に解くことはできないのです」というような意味のことを話しておられたのを記憶している。瞬間瞬間に変化する風の速さや向きなど、膨大な因子が関わる紙の着地点の計算は、現代のスーパーコンピュータをもってしても、おそらく難しいだろう。花弁の散り行く先もまた同じである。まさに科学万能の時代に、この科学の限界を嘲笑うかのように頴田島一二郎の桜の花びらは散り継いでいるのである。

先年亡くなられたが、北九州市門司に住んでおられた老川潮という歌人にも、次のような桜の歌がある。

どこにどんなに咲いていようと一本の桜が咲けば桜曼荼羅

曼荼羅とは、一枚の紙や布などに、沢山の仏様や菩薩様が規則正しく描かれたもので、仏教の説く宇宙を表現したものであるという。私も桜が好きだが、一つの花を見てもバラやスミレより綺麗だとは思わない。では、なぜそんなに好きかと言われても、ちょっと返答に困る。私自身説明できないでいたのだが、この歌を見て、あーそうだったのかと納得ができた。

山の斜面にぽつんと立っている満開の桜も、傾きながら枝を伸ばして池の面に影を落としている桜も、堤防を彩る満開の桜並木も、どれをとってみても桜は実に様になっている。花の形が、枝振りがどうこういうのではない。一本一本の桜の樹がそれぞれに素晴らしく、実に整った姿をしているのである。老川潮はそこに、曼荼羅に見るような一つの宇宙を感じたのであろう。彼もまた、以前には見られなかった新しい視点から、見事に桜を描いてみせたのである。

話はがらりと変わるが、現実の世界に目を向けてみよう。平成二（一九九〇）年八月二日、アラブの軍事大国イラクが、突如として隣国クウェートを占領し、併合してしまった。更に、サウジアラビアとの国境に軍隊を集結させて脅しにかかった。

国連は直ちに会議を開き、一致してイラクに経済制裁を加えることを決議した。アメリカはサウジアラビアを守るため、直ちに大部隊を派遣し、五〇隻を超える軍艦をもってイラク周辺の海上航路を封鎖してしまった。イギリス、フランスや日本は、アメリカに共鳴し、同調した。イラクとはそれまで仲の良かったソビエトも経済制裁などの国連決議には賛成した。イラクは、ほぼ世界中を敵に回してしまったのである。

イラクはこれに先立つイランとの八年にも及ぶ長い戦争で、総兵力一〇〇万を超える軍事大国になったものの、経済的には非常に疲弊してしまった。イラクとしてはただ一つの産物である石油をできるだけ高く売って、早急に疲弊した経済を立て直したいところだったが、この石油の供給が過剰気味で、値段が低迷していた。それで、イラクは石油産出国に呼びかけて供給量を減らし、石油の値段を釣り上げて収入を増やそうと試みたが、周りがなかなか言うことを聞いてくれない。業を煮やしたイラクは、クウェート、サウジアラビアを占領して自国分と合わせ、巨大な石油の利権を我が物として、その価格決定を支配しようとしたのである。

しかし、いやしくも他の主権国家を侵略し、貴重な石油の利権を我が物として、自国の繁栄のみを図ろうとするフセイン大統領の横暴は、少なくとも、エネルギーの大半を石油に依存している日本をはじめ西側先進諸国にとっては許し難い暴挙であった。

ところがよく考えてみると、これは単に西側先進大国という視点から見た論理の帰結に過ぎないのである。ヨルダンやパレスチナなどの一般のアラブ人にとっては、また別の視点があるようだ。第二次世界大戦の直後、西側戦勝国が中心となって国連決議を採択し、長年疎外してきたユダヤ人への負い目もあったのか、二〇〇〇年もの間切望し続けたユダヤ民族のために、イスラエルという国を現在の地に作ってやったのである。ところが、昔からその土地に住んでいたアラブの人々は、当然のことながら自分の土地を失うことになった。現在のアラブの悲劇はここから始まっているのだ。

中東はほとんどが不毛の土地である。しかし、ただ一つ石油という貴重な資源が豊富にある。ところが、これさえも西側大国の経済発展を支えるために、その価格は低く抑え続けられているのである。アラブの国々は、西側大国の思惑と利己主義のみのため、自分たちの土地まで奪われた上に、永久に搾取され続けられねばならないのか。この石油を武器として、アラブを強大な国家に育て上げ、西側大国に対抗しようとしているのが、我らが英雄サダム・フセインではないか、というのである。

視点が変わると一人の人物の見方が、こうも変わってしまうのである。日本は、石油というエネルギー資源の大半を、これらのアラブ諸国に依存している国である。よほどしっかりした自己の視点を持ってこの現実に対処しないと、大変なツケを後世に残すことになるであろう。

物を見る立場を視点と言う。自分の視点を持たない芸術家は、他人の模倣に終わるだろう。自分の視点を持たない政治家は、誰かのマリオネットに成り下がってしまうだろう。私たちは確固とした自分自身の視点を確立した上で、物事を考え、行動し、作り上げていきたいものである。丁度あのキャパが、それ自体は単にものを写す道具に過ぎないカメラを、彼自身の視点を表現する眼として使い、その想いを写真で訴え続けたように。

［追記］二〇〇三年、サダム・フセインはアメリカ軍によって拘束され、裁判により二〇〇六年に死刑となった。しかし、未だ中東に平和は訪れていない。

ゾウリムシ

雪原に舞うタンチョウヅルの姿は美しい。大海原に跳ねるマッコウクジラの巨体もまたすごく感動的である。しかし、あの小さなゾウリムシにだって、それらに勝るとも劣らない、素晴らしい命の営みがあることを忘れてはならないと思う。

昭和二〇（一九四五）年一〇月のある晴れた午後、小学六年生の私は、ぼんやりと家の近くの用水路の岸を歩いていた。その年の八月一五日、日本は世界を相手の戦争で、徹底的に叩きのめされて負けてしまった。小学校の間中、「日本男児ならば戦争に行って、国のため、天皇陛下の御為に潔く死ね」と教え続けられた。私は本当に爆弾を抱いた戦闘機に乗って、敵の戦艦に体当たりして爆死することが自分の使命だと思い込んでいた。教育とは恐ろしいものだと、つくづく思う。

この勇ましい少年は、僅か一二歳で人生の目的を失ってしまったのである。

一〇月になってもまだ虚脱状態から立ち直れないでいた私は、やわらかい秋の陽射しの中を、ただぼんやりと歩いていた。穫り入れ前の用水路は水を落とし、僅かに生活排水が流れているだけの汚い小川である。底に降りて、じっと濁った水たまりを覗き込んでいた私は、ふと、物の気配を感じてしゃがみ込んだ。じっと水たまりに目を凝らしていると、やっと見えるくらいの、小さな小さな白い何かが、幾つもゆっくりと蠢いているのが見える。「なんだろう」。私は辺りを見回した。幸い近くに縁の欠けた朱塗りの椀が落ちていたので、それでその小さな蠢いているものを救い上げ、急いで家に持ち帰った。

西日の当たる縁側で、じっと目を凝らした。確かにいる。やっと見えるくらいの、小さくて白いものが、ゆっくりと水の中を蠢いている。そして、真っ赤なお椀の底に小さな影まで落としているではないか。「これは確かに生き物だ。こんな小さな生き物がこの世にはいるのか」。そう思った瞬間、感動で頭がジーンとしびれたようになって、本当に身震いをしてしまった。

どんな形をしているのだろう。どんな仕組みで泳いでいるのだろう。私は、その小さな小さな生き物を、いつまでも飽かずに眺め続けた。ルーペも持たない少年には、それ以上調べようもない。

「よし！　大きくなったら、きっとこの生き物を研究してやる」。私は心の中で、幾度も叫び続けていた。その時以来、私はまた次第に明るくなっていったように思う。

やがて中学へ進み、生物という学科を教わってみると、どうもあの時の生き物は、ゾウリムシという原生動物の一種だったらしいことが分かってきた。

そして、福岡学芸大学（現福岡教育大学）へ進んだ。生物学の教授は福井利人という原生動物が専門の方であった。ここで勉強しているうちに、日本にはゾウリムシが二種類いて、私が見たのはパラメキウム・カウダツムという種類だったらしいことまで分かった。すでに詳しく調べられていて、子供の頃の夢は夢で終わった。

しかし、私はこのゾウリムシに超音波を当てて、その変化を調べるというテーマで卒業論文を書くことになり、本格的にゾウリムシとの付き合いが始まったのである。付き合ってみると、この小さな動物、なかなか面白くて可愛いものだ。背丈はわずか〇・二ミリメートルで、草履のような形をしているところからこのような名前が付いた。体はたった一個の細胞でできている。しかし、一個の細胞で生きていかねばならないのだから、仕組みは非常に複雑だ。一面に繊毛という毛が生えていて、これを実に規則正しく動かし、水中をスイスイと泳ぎ回る。繊毛を規則正しく動かすために、神経組織まで出来上がっている。生きるためには食べねばならぬから当然口がある。口の周りの繊毛を器用に動かして細菌を集めては、口の中に放り込む。すると、口の奥に細菌が沢山詰まった食胞という袋ができて、その中に消化液を出しながら細菌を消化する。これはまさに消化器官そのものだ。薄い細胞膜を通して絶えず染み込んでくる水を体外へ掻き出さないと、体は風船のように膨らんで破裂してしまう。そこで、収縮胞というポンプのようなものが前と後ろに二つあって、染み込んだ水は、体内にできた不要物と一緒に絶えず汲み出している。これは紛れもなく排出器官だ。

細胞膜を通して酸素を取り入れ、呼吸をしているので、特別な呼吸器と循環器は持っていない。しかし、この一個の細胞は肛門まで持っている。体の中を移動しながら細菌を消化し、栄養分を吸収してしまった食胞の中には滓が残る。この食胞は肛門の所まで来ると、風船がしぼむようスーッと縮んで消えてしまう。と同時に肛門からはぱっと滓が放出される。この様子を初めて見た時、私は「うわーっ。ゾウリムシがうんこしたー」と言って、飛び上がって喜んだものである。

ゾウリムシは普通は分裂で盛んに増えているが、ある時期が来ると一斉に二匹ずつがぴったりとくっついてしまう。すると、体の一部がつながり、核が分裂してその半分ずつをお互いに交換する。これはまさに受精と同じ仕組みである。私は、これらの一部始終を顕微鏡で覗きながら、実に感動の連続であった。

一人の人間を作っている六〇兆個の細胞は、二〇〇もの種類に分かれて分業化し、それらが協力し合いながら一個の人間という生命体を造り上げているといわれる。それはそれなりに素晴らしいことだと思うが、ゾウリムシはたった一個の細胞で、六〇兆個の細胞に匹敵する働きを全部やりながら、数億年を生き抜いてきたのである。なんと素晴らしいことだろう。私たちは、えてして小さな動物を「ムシケラ」などと言って軽蔑しているが、幾百万種類もいるであろうこれら小さな虫たちも、ゾウリムシと同じように、それぞれが素晴らしい命を生きているに違いないはずだ。どんなに体が大きかろうと小さかろうと、どんなに知能が発達していようといまいと、そんなことだけで命の重さを測ってはいけない。

人間はえてして、自分だけの価値基準で物事を判断しがちである。勿論、雪原に舞うタンチョウヅルも、大海原に跳ねるマッコウクジラも素晴らしいし、その事実を否定しようとは思わない。しかし、体長わずか〇・二ミリメートルのゾウリムシだって、彼らに勝るとも劣らない素晴らしい命のドラマを演じているのである。思えばこのちっぽけな虫に、ある時は励まされ、またある時は人生で一番大切なものを教えてもらったような気がしている。

［追記］現在は人の体細胞の総数は三七兆個と言われている。

個性

私は制服というものが嫌いである。制服というと、すぐに軍服が頭に浮かんでくる。若い人には理解しがたいかも知れないが、私の世代ではどうしても「兵隊さん→個性の圧殺→人間の画一化」というように連想してしまい、軍国主義の時代がいかに息苦しかったかを思う。そして、制服に対する拒否反応となるのである。

軍隊以外にも、昔から制服は色々あったが、多くはその人の職業を表す標識としての意味合いが大きく、それはそれなりに納得がいく。警察官、ＪＲ社員、銀行員等々数え上げればきりがない。しかし、中学生、高校生の制服にどのような意味があるのだろう。生徒たることの標識だろうか。どうして標識を付ける必然性があるのだろう。

戦前の旧制度下でも中学校、高等学校、大学校それぞれに制服はあったが、これは一つのステイタス・シンボルであり、そこにはエリート意識が多分にあったように思う。しかし、現制度下においては、制服は何の意味もありはしない。むしろ、人間の画一化をもたらすだけの弊害しかないのではないか。

人間は、それぞれ固有の雰囲気やスタイルを持っているものであり、その人に最も似合う服装があるはずである。そして、服装に対する美意識は、自分で考え、他人に指摘され、色々と工夫していくうちに次第に磨かれ、高められていくものではないだろうか。制服は個性としての美意識を育てないばかりか、反対に個性を圧殺してしまうように思われて仕方がない。

服装に対する美意識が磨かれなかった結果として、そのスタイルが自分に似合うかどうかも判断できなくなり、ロングスカートといえば猫も杓子もロングスカート、ショートスカートといえばこれまた全女性が右へ倣えというように、浮草のように流行に流され続けて、服飾業界をその都度もうけさせるだけの民族に成り果ててしまったように思われて仕方がない。

同じようなことだが、中学生が丸坊主である必然性も全くない。近頃では長髪の学校が多くなってきたが、私の勤めた学校はついに長髪にはならなかった。私は丸坊主が大嫌いである。これには個人的な訳がある。私の頭は典型的な短頭型で、小学校の間中、友達から絶壁、絶壁と冷やかされてきた。このことは私の自尊心をいたく傷つけ、ついにはそれがコンプレックスとなって、全てに自信が持てない人間になってしまったように思う。大学に入って髪が伸ばせるようになった時、これで絶壁が隠せると、本当にほっとしたものである。

本来頭髪は長くなるもので、世界中どこを見ても丸坊主を正式の髪型としている民族などありはしない。見せしめのため、囚人を丸坊主にしているくらいなものである。お坊さんの剃髪は俗世間への執着を断ち切るためのもので、俗世間では長髪が当たり前なのである。人の顔には丸型、細長、四角など様々あり、それぞれに似合うような個性的な髪型があって当然だろう。丸坊主もまた、個性の抹殺と人間の画一化以外の何物でもない。

以上のことは、私がここで声高に言わずとも、これまでにも多くの人から指摘されてきたことである。それでは、そんな自明のことがなぜ改められないのか。これは一〇〇%親の責任逃れと、学校の生徒管理の都合によるもので、ただそれだけのために改められないのである。

日本の親は子供に甘い。特に幼児期の子供に甘く、子供の欲するままになんでも与えるために、子供には「我慢する」という欲望の抑制力が全く育たない。それでも、小さい時の子供の欲求などたかが知れているので、親は安心しているが、やがて、中学生、思春期ともなってくると、その欲求も無視できないものになってくる。その時になって急に、あれはいけないとか、これはダメなどと言い始めるものだから、全く抑制力のない子供は、その不満を親や学校にぶっつけるようになり、手に負えなくなってしまう。

世の非行少年はこうして生まれる。甘かった親は、自分の子供にもそのような危険があることを百も承知なのである。子供が自分の服装や髪型について、度を過ぎた要求を突き付けてくるのが怖い親は、学校にその規制を頼んで責任を回避しようとする。学校は心得ましたとばかりに詳細な校則を作ることになる。校則に違反すれば厳しく罰することにより、生徒の管理もし易くなる。こうして、親と教師の安易な妥協と、暗黙の了解の上に、制服の問題も真剣な討議がなされないまま、現在に至っているのである。

私は〝教員元年〟から制服反対、長髪賛成だった。それは日本の敗戦というみじめな体験の反省から、全てのことに対して画一化することへの反対と、絶対に個性は尊重されるべきであるという想いが、その根底にあったからだと思う。それに、少年の日の嫌な思い出も絡まっていたかも知れない。

しかし、それらは三五年の間、私の勤めた学校では遂に実現されなかった。そこにはそれなりのやむを得ない事情もあったと思う。親の躾の不足をそのままにしての解禁だったら、子供が華美に走り、暴走するのを止めることなど親には到底できないだろうし、個人の権利には、必ず義務と責任が伴うことを徹底して教育することができなかった教師にもまた、それを止めることはできないだろう。

だからと言って、この問題をこのまま放置してよいということには絶対にならないと思う。今こそ、親も教師も、そして何よりも生徒たちが自分自身の問題として、真剣に議論すべき時が来ているのではないだろうか。人間の個性は絶対に尊重されなければならないと思う。

ペーパーテスト

高校一年の時、国語の教科書に岡本かの子の小説『東海道五十三次』が載っていた。それはドラマチックな筋立てもなく、追想風に淡々と描かれた小説で、その上、意味の分からない言葉が随所にあって、正直言ってあまり面白くなかった。

それをS先生は、一つ一つの熟語に至るまで詳しく解説しながら、この難解な小説を説明してくださった。大井川の件《くだり》では、「川止め」に泣いた多くの人々の話をしながら「尽きせぬ人間の憂愁の数々」という表現の深さを話された。唐突に出てくる「朝顔の眼あきの松」では、歌舞伎『朝顔日記』の筋まで話された。そのうちに、今は寂《さび》れてしまった旧街道に、魅入られたようにのめり込んでいく人たちの生き様にも共感を覚え、つまらなかった小説が面白くなった。

今まで、小説と言えば筋立ての面白さを追うばかりで、一つ一つの言葉の意味など考えたこともなかったので、改めて小説の読み方が理解できたような気がした。試験前には友達が「ここのところはどんな意味ね」と尋ねるほどになり、私は誰よりもこの小説を深く理解できたと思った。

やがて、定期考査となった。しかし、出た問題は漢字の読みや書き取り、文法、この「それ」という代名詞は何を指しているか等々ばかりで、半狂乱になって許嫁《いいなずけ》の後を追う盲目の朝顔の想いなど、一つも設問されてはいなかったのである。私の成績は七九点、私に色々尋ねに来ていた友達の方がよっぽどいい点数だった。

私はがっかりした。S先生自身も自分が熱心に解説し、伝えたかったに違いない小説の味わい深い部分を、本当は出題したいと思われたかも知れないが、それはペーパーテストの問題とはなり得なかったのであろう。その時、私はペーパーテストの限界ということを知った。

やがて私は理科の教師になった。私は自然科学の本質は、あくなき好奇心、物事を理詰めで考えていく面白さ、発見の興奮と感動にあると思う。あのアルキメデスが、凹凸の激しい王冠の体積の測り方に腐心し、湯舟から溢れ出るお湯を見て、突然その方法を思いついた時のあの興奮を、できるだけ伝えようと授業をする。

ところが、アルキメデスの原理についての問題を作る時は「空気中で五四グラム、水中で三四グラムだった金属の密度を求めなさい」という形になり、アルキメデスの感動は問題となり得ない。自然の不思議さを科学者はこんな素晴らしい方法で解明してきたのかとか、自然の仕組みはこんなにも素晴らしいものかと、授業の中で感心した者が一人でもいたら、それこそ自然科学の本質を理解した生徒だと思う。

しかし、これもまたテストの問題とはなり難く、評価の中に加味することは難しい。また、探求と発見の喜びを生徒一人一人が体験できるように、じっくりと授業に取り組めたらどんなにか素晴らしかろうと思うのだが、私自身の力量不足と、高校入試という問題が頭の上にのしかかって、どうしても、教科内容を理解させることや、問題の解き方のドリルに偏りがちであった。テストの問題も、単なる記憶力を問うものや、計算技術を試すようなものが多くなってしまった。このような悶々とした想いをどうすることもできないまま、三五年間の教師生活を今終えようとしている。

何度も言うが、ペーパーテストには限界がある。教師が本当に伝えたかったこと、その学問の全てを問題化することはできない。むしろ、最も大切な部分は評価できないことが多いように思う。多くの場合、単なる記憶力を問うものとか、テクニック的な問題が多くなってしまう。勿論それも大切なことには違いないが、それが学問の全てでないことも事実である。

ところが、現在学校における評価の殆どは、一部の教科を除き、ペーパーテストの点数によって決められているのが実情だろう。高校、大学の入学試験もまた然りである。試験の点数と偏差値が大手を振って独り歩きを始め、一人の若者の全人格が評価され、取捨選択されてその進路が決められてしまう。その結果、その分野には何の興味もなく、意欲も持たない受け身の学生ばかりが多くなってしまった。この事実を深刻に受け止めた大学は、入試に作文を課したり、推薦入試制度を設けたりして選択の幅を広げているが、これにも色々と困難な問題があり、テスト中心主義を抜け出すまでには至っていない。

私は年度の終わりに、生徒に向かってこう話す。「私は国の決まりによって、君たちの理科の成績を五段階に評価した。或る者は2を貰って、『私は理科は苦手で駄目なんだ』と思い込んでいるかも知れない。しかし、絶対にそんなことはない。通知表の成績など、君たちが勉強したことのほんの一部分の評価にしか過ぎないのだ。もし、一年間の授業の中で、どこか一カ所でもよい、こりゃ面白いなあと感心したところがあった人は、本当は5を貰っている人よりも理科が得意な人だと思う。もし、そんな人がいたら今、君の手で2を5に書き直してくれ」。これが冷酷にもペーパーテストだけで人間を評価してしまった私の、せめてもの罪滅ぼしである。

厳しさ

秋の終わりに蒔いたコムギはすぐに芽を出すが、冬の間は殆ど伸びない。しかし、春になると待っていましたとばかりに成長を始め、穂を出し、花を咲かせ、やがて実りの秋を迎える。芽が出たばかりの、いたいけな小さなコムギを、あの厳しい冬の寒さに遭わせるのは何とも可哀相なことなので、春になって種子を蒔いたらどうだろう。これも直ぐに芽を出して、冬に蒔いたコムギと同じように青々と伸びるが、今度は五月になってもついに穂は出ず、花も咲かず、穫り入れの季節を迎えることはできないのである。ところが、このコムギの種子を冷蔵庫の中に数週間入れて、寒さを経験させてから蒔いてやると、春になってから蒔いてもちゃんと花が咲き、実を結ぶことができるのである。

イチゴといえば十月の終わりから五月まで、殆ど半年以上にわたって店頭に並び、私たちは欲しい時にあの美味しい実を賞味することができる。しかし、我が家でイチゴを路地栽培したらどうだろう。それは決まって寒い冬が過ぎ、暖かい春にならないと花は咲かず、あの真っ赤な実は熟さないのである。では、ハウス栽培のイチゴはどうして秋から実をつけるのだろうか。

この筑後地方では八月の初め頃、イチゴの苗を久住高原などの高冷地に移植し、九月になってから低地のハウスに植えなおすのである。涼しい所から急に暖かい低地に移されたイチゴは、春が来たとばかりに成長を始め、花を咲かせ、秋の終わりにはもう実をつけるのである。このように、作物に寒い冬を経験させることを春化処理という。コムギやイチゴに限らず、春に花が咲き実を結ぶ植物は、殆どが厳しい冬を経て初めて花を咲かせ、実をつけることができるのである。

私は人間についても、同じようなことが言えるように思う。古来、本当に立派な人物だと言われた人を見ると、若い時に厳しい、苦しい体験を耐え抜いた人が多いのに気が付く。コムギやイチゴだけでなく、人もまた厳しい冬を耐えてこそ素晴らしい花を咲かせ、実を結ぶことができるのではないだろうか。

今、日本は世界第二の経済大国に成長してわが世の春を謳歌し、子供は生まれた時から既に春である。特に、日本の大人は子供に甘いので、それこそ何不自由なく育てられ、欲しいものは欲するままに手に入れることができる。厳しさに耐えることを全く経験しないまま大きくなる。まるで、春に蒔いたコムギのように成長する。これで果たして花を咲かせ、実が結べるような大人になれるだろうか。耐えることを知らないまま、子供は突然、受験戦争という厳しい競争の場に放り出される。意思が弱く、耐えることがまるでできない幾人かは、まずここで脱落し、反社会的な行動に走るか、自分を閉ざした状態になってしまう。非行少年、登校拒否の子供がいかに多いことか。この責任の全ては、そのようなひ弱な子供に育ててしまった大人自身にあると言わざるを得ない。

ほんの四、五〇年前までは、日本も貧乏であった。大人は生きるのに必死で、子供も大人を助ける労働力の一部であった。自然に、厳しさや苦しさに耐えることを学んだのである。今は家庭の中で子供の手助けを必要とするような場は無い。その代わりに、塾や稽古事に追われて、遊ぶ時間が無くなってしまいつつある。しかし、所詮塾や稽古事は厳しさや苦しさに耐える精神を鍛えるような場ではない。体を動かして遊び回る時間さえも失った結果、頭ばかりでっかちになって、ちょっと転んだだけで腕や足の骨を折ってしまうような、もやしのようにひ弱な子供を日本中が大量生産しているのである。

近頃、会社の人などから、こんな話をよく耳にする。今の若者は、少しばかり辛いことがあったり、嫌なことがあったりすると、さっさと会社を辞めてしまう。まるで我慢することをしないという。ところが、運動部などでしっかり鍛われてきた者は、存外長続きするというのである。私は一部の高校に見られるような厳しい運動部の在り方には賛成できないし、扱《しご》きを賛美するものでは決してない。しかし、この扱きの中で我慢し、耐えることを学んだことだけは確かだろう。面白くないからと言って会社を辞めても、どんな仕事に就いたとしても、どうせ同じ人間が作った世の中のこと、そんな楽しいことばかりがあるはずもない。そのうちに、少しは我慢することも学んでいくことだろうが、子供の時の我慢より何倍も辛いことだろう。

中学三年の時の担任だったB先生は、大木町の八丁牟田から旧制八女中学校（現八女高校）までの約六キロメートルの道を、下駄ばきの徒歩で通学された。そして、どんなに寒い冬の季節も絶対に足袋をはかず、素足で五年間を通したという。今の若い人は知らないことだが、栄養状態の悪かった昔は、冬になるとあかぎれといって踵などにひび割れができ、時には血がにじんで本当に痛かった。にじんだ血に濡れた下駄はヌルヌルしたが、我慢して歩き通したという。そしてそのことを、B先生は誇らしげに話されたのであった。

今の中学生にしてみれば、「どうしてそんな痩せ我慢をする必要があったのだろう」と、到底理解に苦しむところだろう。しかし、ほんの数十年前まで、艱難辛苦《かんなんしんく》に耐えることを最高の美徳とする風習が、この日本にはあったのである。耐えてこそ立派な人間になれると信じて疑わなかった、少なくともそのような環境が確かにあった。

私は、B先生には遠く及ばないことだが、我慢した経験を一つだけ持っている。私の両親は映画や芝居が好きで、小さい時からよく連れていってもらった。怖い場面になると、臆病な私は観るのが怖くて、母の膝に突っ伏して耳をふさいでしまう。その都度母は、「もう終わったよ」と言って私の肩を叩いてくれたものである。

『大菩薩峠』という映画も観た。映画の題など後で知ったことだが、大河内伝次郎演ずる机龍之介が、刀の試し切りで、通りがかりの旅の老人を斬り殺してしまう。水汲みに行っていた連れの少女は、殺された老人にすがって泣き崩れる。その場面が何とも悲しくて、今でも私の脳裏から離れない。

一番最初の『キングコング』も観た。若い女の人を片手に持ってあの摩天楼をよじ登り、凄まじい形相で攻撃してくる飛行機を払い落とすシーンは、今でも鮮やかに思い出すことができる。

そういう状態だったから、当然私も映画が大好きな少年だった。しかし、小学校に上がると第二次世界大戦が始まった。贅沢は敵と言われて、小学生が映画を観に行くことは禁止になった。映画を観に行くことさえ贅沢だといわれた時代である。それでも、たまには人目を避けて観に行ったが、ある時、とうとう見つかってしまった。担任の先生にさんざん油を搾られ、べそをかきながら日暮れの道を一人さびしく帰った想い出もある。

今と学校制度が違っていて、私は小学六年生で入学試験を受け、五年制の旧制中学校に入った。晴れて合格できたこの喜びを忘れず、この感激を肝に銘じておくために、自分の一番好きなことをこれからの五年間我慢しようと決めた。一番好きなことと言えば映画である。そこで、これから五年間絶対に映画を観ないことを心に誓ったのである。途中で学校制度が変わり、中学校は三年間で終わってしまったので、私はこれ幸いと我慢も三年間で止めてしまったが、この三年間はついに一本の映画も観なかったのである。

今の日本人は、我慢すること、耐えることの大切さを忘れてしまっているような気がしてならない。人々が、今日のように自分の快楽を追うことのみに、自分の欲望を満たすことのみに明け暮れているならば、やがてこの経済大国日本にも、没落の日が遠からず訪れるのではないだろうか。このような今日の状態を作ったのは、紛れもなく大人たちであり、この大人たちが根本的に意識改革をしない限り、日本の将来は暗いと思う。

［追記］現在はイチゴの春化処理は冷蔵庫に一定期間入れておくことによって、行われているという。

雑草

私の教師生活の振り出しは飯塚市であった。中学一、二年と連続して受け持ったクラスにM子という生徒がいた。M子は幼くして両親を喪い、親戚の家を盥回《たらいまわ》しにされながら、その当時は市内で料亭を営んでいる伯母さんのところに居候になっていた。ところがM子には、そのような子供にありがちな、卑屈でおどおどしたようなところは少しもなく、実に明るくて活発な子であった。

ある時、作文を書かせたところ、その中で彼女は「私は一目見ると、今その人がどんな気持ちでいるのか、どんなことを考えているのかがすぐにわかります。それで、できるだけその人に逆らわないように、その場のよい雰囲気を壊さないように、上手に応対していく自信があります。これまでうまくやってこれたし、これからも何とかやっていけると思います。たとえどんな立場に置かれようとも、私は雑草のようにたくましく生きていきたいと思っています」と書いていた。彼女には彼女なりの大変な苦労があったのであろう。

私は改めて彼女を注意するようになった。彼女は掃除をはじめ率先して仕事に励み、友達が困っていると親身になって世話をする。絶対に敵を作らず、誰とも仲良く付き合いながら、どのグループにも入らない。それを実に自然にやっていて、全く無理がないのである。皆に信頼されながら、それでいて決して中心的存在にはならないのである。私はそこに人生の達人を見る思いであった。好き嫌いの激しい私など、彼女の足元にも近づけなかった。

その後、私は故郷の筑後市に帰ったが、彼女らが高校一年の時に同窓会があり、私も招かれて久しぶりに飯塚へ出かけた。相変わらず彼女は中心になって世話をし、会を盛り上げ、私をもてなしてくれた。ところがそのすぐ後で、病気のため彼女が急逝したという手紙を受け取った。この人生の達人は、僅か一六歳でこの世を去ってしまった。

私はプロ野球には全く暗いのだが、かつて近鉄球団のエースとして活躍し、現在NHKの解説者となっているS氏は好きな選手だった。どんな強打者に対しても、常に真っ向から勝負を挑んだ。絶対に逃げたりはぐらかすような投球をしないので、打たれたホームランの数も多かったのだが、私はそこに、かつての古武士を見るような潔さを感じて、拍手を送ったものである。このS投手の好きな言葉が「雑草の逞しさ」であるという。

「雑草」という言葉の中に私たちは、踏みつけられてもたたかれても、それにめげず、逞しく繁茂する植物というようなイメージを持っているようである。ところで、厳密な意味で雑草といえば、田畑などの耕作地に生える作物以外の害草のことである。しかし一般には、耕作地以外の公園や運動場など、人の手が加わったような所に生える人里植物もひっくるめて雑草と呼んでいるようであり、この二つの植物にははっきりと区別できないものも多いので、ここでもこれらを一緒にして雑草と呼ぶことにする。

さて、手元にある『日本雑草図説』という本を見ると、日本には全部で七八科四一七種の雑草があるという。しかし、それら全部が常に強い植物とは言えないようである。

たとえば水田に生えるコナギ、キカシグサ、タマガヤツリ、タイヌビエ、ケイヌビエ、チョウジタデなど、一寸除草を怠るとたちまち田圃を席巻するほどにはびこるが、畑や運動場では絶対に育たない。畑にはメヒシバ、スベリヒユ、エノコログサ、イヌタデ、ハコベなど沢山の草がはびこるが、これらもまた水の張られた水田には入り込めない。川の堤防などにはネズミムギ、セイタカアワダチソウ、イヌムギ、ヨモギ、セイバンモロコシなどをはじめ背の高くなる草が多く茂るが、これらは運動場に入り込むことはない。運動場の隅の方には背の高い草も見られるが、人によく踏みつけられる所ではオオバコ、シロツメクサ、スズメノカタビラ、オヒシバ、カゼクサ、ナズナ、シバなど背の低い草しか見られなくなる。もっと頻繁に踏まれる所ではオヒシバやギョウギシバなど、もう僅かな種類しか生えてはいない。これらは、名実ともに踏みつけられても挫けない雑草だと言えるだろうが、これらとて、背の高い草が多い所には光が貰えないために絶対に入り込めないのである。

たとえ雑草といえども、どこでもいつでもどんな種類でも逞しく育っているものでは決してないのである。それでもナズナやスズメノカタビラなど畑にも道路脇にも生えており、堤防などでは背の高い草が生える前に広がり、踏みつけられる運動場では、地面にへばりついたまま花を咲かせ、実をつけている。かなり環境に対する適応能力が高い草である。

M子はこのような雑草を思い描いていたのではないだろうか、と思っている。また、S投手は野球界というところが彼にぴったりの環境であったため、雑草のように逞しい人間として成功されたのではあるまいか。雑草といえどもそこが自分に適した時と所を得てこそ、逞しくも力強くも育つことができるのである。私たちも、そこが自分に適した環境であることを知り、その上困難にも挫けず頑張ってこそ、雑草のように逞しく成長することができるであろう。ただ、闇雲に雑草に憧れても、成功するとは限るまい。

思考回路

昭和五〇（一九七五）年八月頃、気の合った仲間四名で北海道を旅行したことがあった。仲間の一人の親戚が帯広にあったので、その親戚の車を借りての、十日間程の気儘な旅であった。紋別付近まで来た時、広々とした牧場の中に牛舎のある家が見えたので、ちょっと立ち寄ってみることにした。そして、牧場経営について色々と話を聞かせてもらった。お隣まで二キロメートルはあるという所なので、人恋しいのかご主人は喜んで応対され、お茶などを振る舞っていただいた。

お話を伺いながら面白かったのは、「今日は寒いですね」と言ってストーブを燃やしながら、当のご主人はランニングシャツ一枚しか着ていないのである。私たち九州人ならば、今日は寒いから着物を一枚重ねようということになるところだろうが、一年の大半をストーブと共に暮らしておられる北海道生まれの人は、寒いからストーブを、というふうに考えが進んでいくものらしい。九州人には「寒い→着物」という思考の回路があり、北海道人には「寒い→ストーブ」という回路が出来上がっているようである。これは明らかに、気候の違いが思考回路の違いを作り上げたものであろう。

後で、車を借りた家の奥さんから伺った話であるが、北海道生まれの人よりも、九州から来た人の方が、年間の光熱費が少なくて済むとのことであった。

人の思考回路を決めるのは、何も自然環境ばかりではない。昔、兵隊さんには独特の顔があり、それを皆は兵隊面と言った。それは勿論、鼻が高いとか、目が大きいとかいうことではない。兵隊は常に上官の命令に服従することだけを強制され、自分の意志で行動することを拒否されて、一つの思考回路しか持たないように作り変えられてしまう。その結果、個性のない独特の顔と行動様式によって、この人は兵隊さんだなと、すぐに分かったのである。

同じようなことだが、昔は教師にも先生面というのがあって、乗り物に乗っていても、観光地で会っても、直ぐに先生であることがばれてしまうのである。兵隊さんと同じように、かつては教師にも国家権力による思考回路の強制があって、教師一般に同じような行動様式が見られたのだとしたら恐ろしいことである。

そんな大袈裟なことでなくても、日頃から多くの人に接しているホテル関係の人などに聞くと、一度応対しただけで大体その人の職業が分かるのだそうである。同じ職業というよく似た生活環境によって、人は思考の回路や、それによって現れる行動様式までが似通ってくるものらしい。

このように、人間は自然環境や社会環境の違いによって、それぞれ異なった思考回路を持っているのであり、それによる様々な思考の結果として、当然のことながら様々な考え方や意見も生まれてくるのである。そして、その多様性こそが人間集団としての社会の自然の姿であろう。これらの多様な意見を集約し、最大公約数を探しながら、進むべき方向を決めていくのが民主主義である。勿論、最大公約数としての結論には全員が従うという、最低限のルールがあってのことであるが。

このように民主主義とは、本質的に多数の異なった意見や主張の存在があって、初めて成り立つものである。

日本ではかつて、軍人という独特の思考回路と思想を持った一握りの人たちによって政治が動かされ、その人たち以外の多くの意見が弾圧され、圧殺されて、民主主義が滅んでしまった時代があった。その結果、太平洋戦争という世界を相手の無謀な戦争を始め、みじめな敗北と、その後の苦しい生活を強いられる結果を招いてしまった。

このように、一つの社会がたった一つの思考回路に統一され、一つの結論しか生まれなくなってしまったら、そのような社会は決して健全な社会とは言えまい。政治の世界は特にそうだと思う。政治こそは、多様な思考回路を持った人々によって進められなければならない。ところが、長年政治に携わっている人たちは、同じ環境に長くいるためか、思考回路までが次第に似通ってくるらしい。その結果、「〇〇町の論理」などという、独特の政治屋論理がまかり通ることとなり、一般の人々から遠くかけ離れた存在になってしまうのである。政治家は政治の専門家であるより、本質的に素人の感覚を持ち続ける人間であるべきだと思う。

ところで、日本は少しの例外を除いて、その大部分が単一の民族であるために生活様式も似ており、その上、大部分が暖温多雨地帯という自然環境までよく似た国である。そのためか、多くの日本人の思考回路がよく似たものとなり、それが他国の人たちからは特異なものに見えるようで、「日本株式会社」などという、あまり有り難くないニックネームまで貰ってしまった。これからは、色々な国の人々の様々な思考回路を考慮に入れながら交際をしていかないと、この狭くなってしまった地球という国際社会の中で、日本だけがますます孤立してしまう心配がある。

悲しい酒

古賀政男の作曲で、美空ひばりが唄った「悲しい酒」という歌謡曲がある。この歌を聴くと、私はいつも大先輩のT先生を思い出す。今では、どこの宴会へ行っても、ちゃんとカラオケセットが用意されていて、だみ声を張り上げて合唱するような光景はなくなったが、以前は酔いが回ってくると、みんな一緒に大声で懐メロや流行《はやり》の歌を唄ったものである。合唱する時は景気の良い歌が合うもので、最後の方では勇ましい軍歌になってしまうのがいつものコースであった。

ところが、私たちが軍歌を唄い始めると、今まで一緒に唄っていたT先生は寂しそうな顔をして聴き役に回り、一人で杯を傾け始めるのである。時には背中を向けて呟くように「悲しい酒」を唄っておられた。その姿が印象的で、今でも私の脳裏から離れない。

T先生は太平洋戦争中、八女郡のとある寒村で青年学校の教師をしておられた。青年学校というのは、高等小学校（現在の中学二年）を卒業し、中学校（旧制）などの高等教育機関に進学しなかった若者たちに、更に教育を施すために作られた学校であった。

戦争が厳しくなってくると、徴兵制度によって二十歳《はたち》以上の成人男子を召集して兵隊を作っていたのでは間に合わなくなり、国は盛んに志願兵を募集した。男の子は一六歳になると自ら志願して軍人となることができたのである。それでも兵隊が足りなくなり、ついに時の政府は、この町は何名、この村は何名の志願兵を出せと、役場に直接命令してくるようになった。

ちっぽけな山村にそう何人も軍人になれるような若者がいるはずもなく、役場の軍務係は困ってT先生に相談する。先生は役場の掛と二人で青年学校の生徒の家を一軒一軒回って、志願してくれるよう勧誘した。それでもなかなか思うように集まらない。無駄だと思いつつ一軒の家を訪ねられた。家族はお婆さんと孫息子の二人で、父親はすでに戦死し、頼みとしていた母親も亡くなっていた。お婆さんは、「この子まで戦争に行ってしまったらこの家はどうなるのですか。この年寄りはどう暮らしていけばよいのですか。私にはこの孫一人しか身寄りはないのです。どうかこの子まで戦争に駆り出すようなことだけはしないでください」と手を合わせて拝むように懇願される。先生は実に辛かったという。

ところが、孫の青年は健気にも「今この国は滅んでしまうかどうかの瀬戸際にあります。国が滅んでしまっては、お婆さんが願っているような生活すら成り立たなくなってしまうでしょう。この国を、この家を守るために私は頑張ってきます」と言って志願してくれた。こうして出征していく教え子たちを、先生は日の丸の小旗を打ち振り、勇ましい軍歌を唄いながら見送ったのであった。

そして、その果てに日本は戦争に負け、あのお婆さんの孫をはじめ、見送った教え子たちの殆どは再び故国の土を踏むことはなかった。正義の戦だと信じて疑わなかった戦争も、多分に侵略戦争に近かったことを知り、先生は無念の想いをどうすることもできなかった。

よく、この時代を描いたドラマでは、戦争中の自分の行為を恥じ、その職を投げ打って、教壇を去っていくかっこいい先生が描かれるが、実際は大部分の先生はやめられなかった。たとえやめたとしても、敗戦直後の日本に、外に家族を養えるような仕事などあるはずもなく、やめることなどできなかったのである。その後、この世代の先生方は、あのような時代が二度と来るようなことがあってはいけないと、必死の想いで戦後の教育に努力されたのである。日本の戦後教育は実にここを原点として出発したのであった。

「あんたたちが唄う軍歌ぐらい、俺もみんな知っとるとよ。しかし、俺にはどうしても唄えんたい」と、吐き捨てるように言われたT先生の言葉を、私は忘れることができない。先生にとっては、絶対に軍歌を唄わないことが、自ら戦場へ送った教え子たちへの、せめてもの贖罪《しょくざい》であったのだろう。先生は先年奥さんを亡くされたが、ご自身は今もご健在だと聞く。この晩秋の夜長に独り徳利を傾けながら、今もあの「悲しい酒」を呟くように唄っておられることだろう。

［追記］T先生も亡くなられて久しい。この世代の人たちがいなくなってしまい、太平洋戦争の風化も一段と進んでいる。若い人たちには、この時代をどうか今一度勉強し直してほしいと思うのである。

苦い思い出

その当時は苦しい、辛いと思っていたことも、時間が経つにつれて次第に懐かしい思い出に変わるものだという。勿論、大部分の思い出はそのようなものであろうが、どんなに時間が経っても、そのことを思い出す度に、まるで胆汁でも舐めるような苦い、辛い思い出を人は幾つか持っているものである。

小学四年生頃だったと思う。その時代には、テレビ、ファミコン、ゲーム機などというものはなく、近所の腕白《わんぱく》連中はいつも連れだって屋外でばかり遊んでいたが、その中には必ずガキ大将がいたものである。私など何の取り柄もない弱虫だったので、チャンバラごっこではいつも斬られ役ばかりであった。

その頃、近くの鉄橋の下に、あるお爺さんが、周りに蓆《むしろ》を張り巡らせた狭い場所を作って、一人で暮らしておられた。なんでも家庭の事情があって、家を飛び出してしまったという噂があった。ある日、われらがガキ大将は、そのお爺さんを面白半分にからかいに行こうと言い出した。私も後からついて行った。腕白たちは遠い所から鉄橋の下の蓆の帳めがけて、小石を投げ始めた。当然のことながらお爺さんは「こらっ、何をするか」と怒鳴りながら出てこられた。子供たちは囃しながらパッと散る。私はとっさに小石を拾って鉄橋の上に駆け上がり、丁度お爺さんの頭が欄干の上から見えた時、ポイと小石を落とした。小石は見事お爺さんの禿げ頭に命中した。お爺さんは「あ痛っ」と言ったまま両手で頭を押さえてかがみ込んでしまった。

その瞬間、私は自分が仕出かしたことの恐ろしさを理解した。真っ青になって震えながら、逃げていく腕白たちの後を追った。お地蔵さんの前まで逃げてきて一息ついた時、ガキ大将は私の機転を褒めてくれたが、私の頬は引きつり、強張ってしまって、到底笑顔にはならなかった。

その数日後、煮炊きをしていた火が蓆に燃え移ったのを消そうとして、逆に着ていたぼろの着物に燃え移り、お爺さんは大火傷をしてしまった。近くの医者が来て看護婦と二人で真っ白いチンク油を体中に塗りつけた。その間中、お爺さんは「あ痛たぁ、あ痛たぁ」と叫び続けていた。一通りの処置が終わり、お爺さんは戸板に載せられて病院へ運ばれていった。お爺さんを見たのはそれが最後となった。二、三日後、お爺さんが死んでしまったことを聞いた。私は謝る術をなくしてしまった。


小学五年の時だった。『マライの虎』とかなんとかいう映画がすごい人気であった。なんでもハリマオといわれる男が無頼の徒と思われる集団の頭目で、西部劇よろしく、拳銃片手に悪を懲らしめるというような、そんな筋ではなかったかと思う。

子供たちは板切れなどでそれぞれ拳銃を作り、ハリマオごっこに夢中であった。私より一つ年下の学年にIという、それはすごいガキ大将がいた。彼は二〇名近い手下を引き連れたハリマオであった。彼らは運動場の片隅の滑り台を陣地としていた。ある日、彼らの目が級友と一緒に遊んでいた私に注がれているのを知った。それは獲物を狙うライオンのような眼であった。彼らの標的になっていることを感じて私は震え上がったが、そのことを友達に打ち明ける勇気もなく、できるだけ級友から離れないようにしていた。

それでも、生理現象だけはどうすることもできず、ある時私は便所へ行った。それを見ていたIは、待っていましたとばかり突撃命令を出したらしかった。一斉に私めがけてその一団が走ってきた。私は顔を引きつらせて必死に逃げた。それでもどんどん追い詰められる。追い詰められた私はもう絶体絶命、咄嗟に少しドアが開いていた工作室に逃げ込み、急いでドアを閉めた。

丁度部屋には若い図工の先生がおられて、竹刀を持って襲いかかったハリマオ一団を蹴散らしてくれた。私はかろうじて命拾いをした。後で、図工の先生が彼らの担任に事件のことを知らせてくれたらしく、私は彼らが座らされている教室に呼ばれ、事情を説明することになった。Iは必死になって、自分は皆を引き留めに行ったのだと弁明していた。それっきり私へのいじめはなくなったが、私の心はいたく傷つき、本当にそんな自分が情けなかった。

Iは大きくなって暴力団に入った。腕力、気力ともに優れている彼は、いっぱしの極道になった。そのような彼に組長はいささか恐れを感じたらしく、若い組員に彼を消すことを命じた。Iは暗い場末の映画館の中で、短剣を腹に突き刺したまま息絶えていたという。

中学一年の時だった。生物の先生が夏休みの宿題を出された。昆虫採集でも、植物採集でも、どんな研究でもよいとのことだった。私は、町一番の病院の息子で、小学一年からの友達だった秀才のB君と共同で、昆虫採集をすることにした。

何度も採集に出かけたが、全部で二五種類程しか集まらなかった。休みが終わり作品を提出してみると、一人で何十種類も集め、素晴らしい標本箱に収められた本格的な作品が幾つもあり、私たちの標本は誠に貧弱に見えるので、二人ともこれではまずいと思った。この昆虫採集とは別に、私は、地面に這い出してきた蝉の蛹《さなぎ》が脱皮して、きれいな油蝉が生まれるまでの様子を観察し、スケッチした記録を作っていたので、この観察記録も二人の連名で提出することにした。

それから十日程過ぎてからのことである。B君が実に済まなそうな顔をして私の所へやって来た。彼が生物の先生の閻魔帳をそっと見せてもらったところ、昆虫標本は彼の方に一三種、私の方に一二種が記入され、蝉の観察記録は彼の方にのみ記入されていたという。彼は必死になって観察帳は本当は友達が一人でやったものだと訴えたが、先生はただ笑って取り合ってくれなかったと言うのである。

B君が本当に済まなそうに必死に謝るので、私は「いいよ、いいよ」と言って、笑って聞き流したが、内心は実にみじめであった。町一番の医者の息子と、しがない農具鍛冶屋の子倅とでは、こうも先生の印象が異なるのかと思うと、本当に情けなくて、先生と親を恨んだ。

B君は後にドイツとオーストリアに七年間も留学し、オーケストラの指揮者になった。福岡に演奏に来た時、数十年ぶりに会い、旧友数名で酒を酌み交わした。彼は少しも昔と変わらず、昔の儘に純粋であった。しかし、かつて一緒に昆虫採集をしたことなど、とうの昔に忘れているふうであった。その彼も、肝臓を悪くして数年前に死んでしまった。

私が中学校の教師になってから、いつも心掛けていたことは、「できるだけ、弱い者の立場に立とう。親の門地、財力の軽重でその子供を差別してはいけない」ということだった。これが三五年の間、私を支えたバックボーンだったように思う。このほかにも苦い思い出は幾つもあるが、これだけは何ものとも取り替えることのできない私一人の心の重荷なのだから、これからもずうっと墓場まで背負い続けて生きていかねばならない。

偏食

私の小学校時代は太平洋戦争の真っ只中であったから、働き盛りの男は皆戦争に行ってしまって、人手が足りず、農繁期には勉強などそっちのけで、小学生まで農家の手伝いに駆り出された。食糧事情は逼迫し、「米一粒は汗の一滴」と言われ、一粒のご飯も残さないで食べるよう教えられて育った。好き嫌いでも言おうものならひもじい思いをするだけで、文句も言わずに何でもがつがつ食べた。そのためか、私たちの世代はあまり好き嫌いを言わない人が多い。戦後の中学、高校時代の食糧事情は戦争中にもまして悲惨なもので、皆がいつも空腹であった。今の若い人は親より背が高いのが当たり前だが、私はついに親父を追い越せなかったし、友達にもそのような人が多い。これも満足に食べられなかったからだと思う。

一方、現代の若者は平気で食べ物を残す。そのことの善悪を言っているのではない。そのように食べ物の潤沢な時代に育ったのである。また、食べ物に好き嫌いのある人が多いが、これも食糧の豊富な時代に育ったからだと思う。ニンジン、セロリ、ピーマン、トマトなどを嫌いな人が多いが、一つや二つ嫌いなものがあるくらいならば、他の食べ物で充分に栄養は補うことができるので問題はあるまい。しかし、あれも嫌い、これも嫌いとなってくると、これはもう偏食であり、栄養のバランスが崩れてしまう。

「疲れた」などと言ってよく保健室にやって来る虚弱体質の生徒は偏食者であることが多い。また、肥満の生徒が近年多く見られるようになったが、これも脂肪や炭水化物などの摂り過ぎによる偏食の結果だと言わざるを得ない。食べ物が有り余っているというのに、一種の栄養失調になっているのである。現在のように飽食の時代では、どうしても自分の好きなものばかりに偏って食べることが多く、栄養のバランスが壊れがちになるというが、これは決して健全な状態ではない。

先日、ある国立療養所の所長を長くされていたG博士とお会いした際、先生は「現在、日本は世界一の長寿国となりましたが、この状態があと何年続くでしょうか。今のような贅沢な食生活を続けていたのでは、そう長くは続かないでしょう」と話しておられた。

さて、栄養が必要なのは肉体だけでなく、心の成長にもまた心の栄養が必要である。特に成長期にあっては、体の栄養以上に大切なものであろう。勿論、それぞれどの家庭でも心の栄養もまた与えているだろうが、時としてそれが不足したり偏ったものになり、子供の心を歪《いびつ》にしている場合すら見られるようである。

しかし、心の栄養の多くは主に学校教育において、栄養のバランスを充分に考えたうえで与えられている。語学や数学はタンパク質であり、社会や理科は炭水化物、保健体育や技術は脂肪、美術、音楽、道徳などはビタミン類、学級会活動や生徒会活動など人間関係や集団生活のためのルールの研修は、さしずめミネラル類といったところか。どれ一つ欠けても健康な心は育たない。

こうして人は九年から一六年もの間、これらの栄養豊かな食事をしながら、心身共に健全な人間に育っていくのである。ところが、中には教科によって好き嫌いの激しい生徒がいて、嫌いな教科は全く勉強しない。これなどはまさに心の偏食であり、このような偏食をしていては、とても健全な人間に成長することはできないだろう。

このような話をすると、よく「僕は頭が悪いから勉強してもどうせすぐに忘れてしまう。学校を出たらすぐに働くんだから、簡単な読み書きができりゃそれで充分だ」というような返事が返ってくる。これは自分から食事を拒否しているようなもので、まさに「拒食症」と言わざるを得ない。このような人の心は痩せ細り、ただ働いて、食べて、寝るだけの侘びしい一生になってしまうだろう。

また、一方では、「世の中は全て学歴の社会だ。一流高校、一流大学、一流会社への就職、これが人生の全てだ」と嘯《うそぶ》いて、テストの成績だけに価値を置き、礼節、思いやり、友情、協力といった人間関係を全く無視して、生徒会活動や学校行事などには協力もせず、我が儘勝手に生きている生徒も見られる。きっと刺々しいささくれ立った心になってしまい、周りの人を傷つけるばかりの人生を送ることになるだろうが、これで幸せな一生だったと言えるだろうか。このような偏食は心を栄養失調にしてしまうだけであろう。

私は、学校というところは一日長く行けば行っただけの、一日長く勉強すればしただけの価値のあるところだと思う。勿論、詰め込んだ知識など、ものの一〇年もすればきれいさっぱりと忘れてしまう。どうせ忘れてしまう知識なのに、どうしてそんなに苦労してまで詰め込む必要があるだろうと思う人がいたらそれは間違っている。私たちは毎日、沢山の食べ物を胃袋の中に詰め込んでいるが、その大部分はエネルギーとなって消えてしまい、血となり、肉となるのはほんの僅かである。しかし、その消えてしまった大量のエネルギーがあったからこそ、血や肉を作ることができたのである。

心の食事も同じことで、詰め込んだ知識の大半はエネルギーとなって消えてしまうだろうが、そのエネルギーのお蔭で心の血や肉が作られるのである。それでは、心の血や肉とはなんだろうか。それは頭の中に張り巡らされた多様な思考回路、研ぎ澄まされた感覚、高められた感受性などであると思う。これらは決して消えるものではない。

たとえば国語で一つの教材を習うとする。まず、文章を幾つかの段に区切り、各段における内容を要約し、それらを総合して作者が言わんとするテーマを把握していくという方法は、まさに国語的思考法である。また、個々の現象を詳しく観察し、その結果から仮説を立て、この仮説を検証しながらその奥にある法則を見つけていくというのは、科学における思考法である。

数学、哲学、歴史、地理などそれぞれの学問には、それぞれの考え方があり、それらを勉強していくうちに、私たちの頭の中の脳細胞にそれぞれの学問の考え方が次第にインプットされていく。勉強した教材は忘れてしまっても、脳細胞にインプットされた多様な思考回路だけは確実に残る。これが取りも直さず心の血であり肉であると思う。同じように美に対する感覚も感受性も、勉強するうちに少しずつ脳細胞に刷り込まれて、心を豊かに育てていくのである。

長い人生の間に、人は幾度かどうしても越えねばならぬ高いハードルに出遭う。その時、貧弱な思考回路しか持たない人は、その考え方で行き詰まると、もう越える方法が分からずに挫折してしまうことになる。多様な思考回路を持った人は、様々な方法でアプローチすることができ、最善のやり方を探しながら、確実に乗り越えていけるだろう。バランスのとれた栄養で、心を豊かに育てることのできた人である。

私は「非行」という言葉は嫌いだが、外に適当な言葉を知らないので、仕方なく使っている。非行少年たちと話をして、いつも感じることは、彼らの殆どが例外なく我が儘で、周りのすべての物事を、敵か味方か、勝ったか負けたかなど、自分との対立概念でしかとらえることができなくなっているということである。小さい時から心の栄養をあまり与えられなかったか、または、ずいぶんと偏食を続けてきた結果、このような心の虚弱児に育ってしまったのだろう。あるいは甘いものばかり食べさせられてきたための、肥満児なのかもしれない。

いずれにしても、偏った食べ物や栄養を与え続けた大人にこそ、すべての責任があると言わねばなるまい。思えば可哀相な少年たちで、彼ら自身には全く責任はない。今からでもバランスのとれた栄養を与えていけば、立ち直ることも不可能ではないと思う。

人間とは、身体、知能、感性、情操、その他様々な種類の能力という平面で囲まれた多面体であると思う。そして、体の食事においても、心の食事においても、偏食をしないで充分バランスのとれた栄養さえ摂っていれば、これらの平面はどれも満遍なく成長し、それは限りなく球に近づく。その球は人生という長い道程を、きっと滑らかに転がっていくことだろう。一方、偏食ばかりして、偏った栄養を摂り続けた人は、ある面は成長しても他の面は成長できず、全体が歪な形になってしまう。そのような歪な多面体では、あっちにぶつかったり、こっちに衝突したりして、なかなか滑らかに転がることはできないだろう。できるだけ偏食をしないで、なれるものならまん丸い球に近づきたいものである。

時　間

ある若者が恋人を見つめている。その黒い優しい眼差しを、今この瞬間に確かめることのできる喜びにあふれている。ところが、無粋な意地悪を言うと、これは厳密には正しくない。例えば、二人の間が三〇センチメートル離れていたとして、彼はおよそ〇・〇〇〇〇〇〇〇〇一秒前の、つまりは過去の彼女を見ているのである。絶対に同じ瞬間の彼女を見ているのではない。光の速さが約三〇万キロメートル／秒と有限である以上、これは致し方のないことである。しかし、これくらいの時間の差は、私たちの感覚では絶対に認知できないものであり、問題にならない。

ところが、この頃テレビの報道番組で、ワシントンやパリなどと回線を結んだ同時放送がよく観られるようになった。この時は、日本側のアナウンサーが呼びかけると、先方のアナウンサーは半呼吸ほど遅れて返事をするのである。これにはちょっと違和感がある。電波が先方まで届いて、それが返ってくるのに〇・数秒の時間がかかったのである。これが月までとなると、電波が往復するのに約二・五秒のずれが生じる。二点間の距離が遠くなるにつれ、このずれは次第に大きくなる。物理的に世界中が全く同じ標準時で動いているにしても、その同時性を実際に目で確かめることは至難のことである。私たちは、伝達方法として電波や光より早い媒体を持っていないのである。

しかし、光の速さが有限であることは、私たちに別な時間の姿を見せてくれることもある。今夜も沢山の星が輝くことだろう。しかし、それは現在の星の姿ではない。ある星は数年前の姿であり、またある星は数万年前の姿を見せているのである。今、空に出ている北極星は六〇〇年前の北極星である。アンドロメダ大星雲に至っては、およそ二三〇万年前、地上では猿人が簡単な道具を使って生活をしていた頃に旅立った光が、今やっと私たちの目に入ったものである。

一九八七年、南米チリのラスカンパナス天文台で、数百年振りという超新星が観測された。それは太陽が四五億年かかって放出した全エネルギーを、たったの一〇秒で出し尽くすほどの凄まじい星の大爆発であったが、この爆発も実は、銀河を遠く離れた大マゼラン雲で起きた、一六万年も昔の出来事だったのである。今見るこの素晴らしい星空は、数年前から数百万年前にわたる膨大な時間の流れを、天球という一つのスクリーンに同時に映し出した、実に壮大な風景なのである。
視点を変えよう。距離を測るメートル、質量を測るキログラムと同じように、物差しとしての時間とは少し違った時間も私たちは持っているようである。かつて、陸上の短距離選手からこんな話を聞いたことがある。一〇〇メートルの競争は、たかだか一〇秒ちょっとの時間しかかからない。ところが、走っている本人はすごく長く感じるというのである。号砲が鳴る。一瞬、後足のけりが弱くてスタートに遅れる。

「しまった。今は五番目くらいかな。このままじゃ優勝はおぼつかない。頑張らなくちゃ。うん、調子はいいぞ。まだ二〇メートルぐらいしか来ていないのに二番になったようだ。この分じゃ優勝できるかも知れないぞ。あっ、体が少し起きてきたな。やばいぞ。頑張れ、頑張れ。よしっ、これでトップだ。ああ、思うように足が上がらん。しまった。三コースに抜かれた。ああーっ、ゴールだ」等々様々な思いが頭の中を駆け抜けていく。不断に頭の中で考えている速さの何倍もの速さで、沢山の想いが頭の中を過ぎていくと言うのである。これまで私は、陸上競技の中で一〇〇メートル走ほど面白くないものはなかった。注意して見ていても、あっという間に終わってしまって、誰が一番になったかもよく分からないことが多かった。しかし、あの短い時間の中に実は長いドラマがあったのである。私は認識を改めた。

私自身、よく似た経験をしたことがある。高校一年の時だったが、学校のプールに高さ五メートルの飛び込み台があり、そこから一度だけ飛び込んだことがある。水面に着くまでにたかだか一秒程しかかからないはずなのに、随分と長く感じた。飛び込み台の上からだとプールが小さく見えるので、飛び込んだ瞬間、「縁のコンクリートに落ちないだろうか、水面に叩きつけられたらどのくらい痛いだろうか、深く沈んでしまったら浮き上がるまでに時間がかかって溺れないだろうか」、はては両親の顔まで浮かんでくる始末であった。それは日頃物事を考える時より何倍ものスピードであった。確かに、日常よりずっと早い時間の中で生きていることを感じたものだ。もし、日常がこんなに早い時間の中で生活できたら、一生の内にやれる仕事は、他の人の何倍にも達するだろうと思ったものである。

ところがハエは、普段が私たちより一〇倍も速い時間の中で生きているのだそうである。例えばハエが膝に止まっているとしよう。私が両手でパチッと叩く。一〇倍の速さで見ているハエには、それはスローモーションの映像を見ているようにゆっくりと見えるはずである。ハエはいとも簡単に逃げられるというわけである。

ツバメはハエより更に一〇倍の速さの時間で生きているので、その素早いハエを、これまたいとも簡単に捕まえているという。私たちはツバメの命の短さを憐れむ必要はない。彼らは、人間の何倍も長生きしているかも知れないのである。夭折した天才が、常人では考えられないような多くの成果を残すのを見る時、彼らの努力もさることながら、私たちよりずっと速い時間を生きていたのではないかと思う。

人の一生においても、年齢によって持っている時間の速さは違ってくるようである。始業のチャイムが鳴る。五七歳の私は周りより早く職員室を出たはずなのに、いつの間にか若い教師に追い抜かれてしまっている、私の動きは、若い教師からすればハエから見た人の動きのようにのろまに見えているであろう。私は若い人よりずっと遅い時間の中で生きているのである。先が短いというのに、私に残された時間は更に僅かになっているのを感じている。

考えれば考えるほど、時間とは不思議なものである。人間はまだ、時間というものを完全に理解してしまってはいないように思う。そのような私の想いを乗せたまま、時間は遠い過去から無限の未来へ向かって、瞬時も留まることなく流れ続けている。しかし、これもまた、単なる私の感傷に過ぎないようである。冷酷にも物理学者は、時間は有限であるという。時間の流れは二〇〇億年前のビッグバンに始まり、宇宙のエントロピーが最大になる時、つまり、宇宙の全てのものが同じ温度になってしまった時、時間の流れもまた終わるという。それは西暦一〇〇〇〇〇〇〇〇〇〇〇〇〇〇〇〇〇〇〇〇〇〇年頃のことらしい。遠い未来の話である。

［追記］現在、ビッグバンは一五〇億年前とする説が有力である。

叔父の思い出

母の弟で晴治という叔父がいた。物静かな優しい人だった。今の北九州市門司の郵便局に勤めていた。小学校に上がったばかりの私に、分厚いアンデルセンの童話の本を買ってきてくれた。繰り返し、繰り返し読んで表紙は取れ、最後にはページまでバラバラになってしまった。太平洋戦争の真っ最中に、マッチ売りの少女や人魚姫などの話を私は読み耽っていたのである。

昭和一八（一九四三）年、その叔父に二度目の召集令状が来た。さすがにその時、叔父は「今度ばかりは行きたくない」と、そっと母に呟いたそうである。もし、拒否すれば本人が罪になるばかりか、一家親族皆「非国民」呼ばわりされて、とても生きてはいけないような時代である。母は「そんなこと言うもんじゃない。名誉の召集が来たのだから、お国のためにしっかり頑張ってきなさい」と励ました。叔父は小さな声で、「ここまでの話よ」と言って、苦笑したという。母はその時、「ほんにねえ。お前だけに二度も召集が来るなんて、辛かろうね」と、どうして本当の気持ちを言って慰めてやらなかったろうと、八〇歳を過ぎた今も嘆くのである。

日曜になると、母と二人で何度か久留米の兵営に面会に出かけた。ある日曜日、祖母が一人で面会に出かけたが、その時叔父は牡丹餅を頬張りながら小さな声で、「これは軍の機密なので、ここまでの話だけれど、どうも今夜、荒木駅から戦地へ出発するらしい。何時頃かもはっきりしないし、もう見送りには来んでいいから」と言ったというのである。

しかし、母たちはこれが最後になるかも知れないから、ぜひ見送りに行こう、ということになった。叔父が好きだったので、その頃は統制品で手に入れにくかったタバコを、父がどこからか工面してきた。そして、里の伯父と三人で見送りに出かけた。

夜遅くなって、三人はがっかりした様子で帰ってきた。会えなかったというのである。母たちが荒木駅に着いた時、噂を聞いて駆け付けた見送りの人たちがすでに大勢いたが、駅は憲兵隊に取り囲まれて、集合している兵隊には一歩も近寄れなかった。たまたま一人の兵士が、両親の姿を見つけて駆け寄ったところを憲兵に見つかり、両親や見送りの人たちなど大勢の目の前で、踏んだり蹴ったりの袋叩きにあった。この有様を見て、これでは到底無理だと思い、とうとう叔父には会えないまま帰ってきたのだと言う。

「軍の機密だとか何とか言って、どうせみんなに知れてしまっているではないか。これが最後かも知れないというのに、一目ぐらい会わせてくれたって、大したことはなかったろうに」と、本当に悔しそうにぼやいていた。父は吸わないので、せっかく手に入れたタバコは無駄になった。先日、サウジアラビア支援のため、出発するアメリカの兵士たちが、肉親と抱き合って別れを惜しんでいる姿がテレビに映っていた。この場合とは事情が違うかもしれないが、大きな違いを感じた。

叔父はビルマ（今のミャンマー）方面の戦場へ行っていた。何度か来た葉書には、マンゴーとかドリアンとか美味しい果物がいっぱいあり、一度皆さんに食べさせてあげたい、と書いてあった。しかし、日本の敗戦が濃くなってきたあたりから音信はぷっつりと途絶えてしまった。

一九九四年の夏、あのインパール作戦で、日本軍が大敗をしていた頃、叔父の属する龍兵団（第五六師団）は、ビルマ東部の国境を越えて中国雲南省に展開し、騰越という処で南下してくる連合軍を迎え撃っていた。そのすぐ西側のビルマ領内には、菊兵団（第一八師団）が展開して作戦中であったが、その菊兵団のど真ん中に強力な英印連合軍の空挺部隊が降下した。兵団の最北部のミートキーナで戦っていた第四八聯隊は、補給路を断たれて全滅の危機に瀕した。そこで、東部の騰越で奮戦していた龍兵団第一四八聯隊に、「兵の半分をミートキーナに送り、第四八聯隊を支援せよ」という作戦本部からの命令が出たため、水上聯隊長は、自ら兵三〇〇を率いてミートミーナに向かわれることになった。この中に叔父の平井晴治上等兵はいたのである。

部隊が移動する時には、先頭に尖兵といわれる二名の兵士が歩く。その約半キロメートル後方から二〇～三〇名の先発分隊が続く。それから更に半キロメートル程遅れて次の分隊が出発する、というふうに部隊はばらばらに分散して出発するのである。こうして進むと、たとえ敵の急襲を受けても、犠牲は尖兵の二人で済むか、せいぜい先発分隊までで止めることができ、後方の部隊は余裕をもって状況に対応することができるという仕組みである。したがって、尖兵はまさに囮《おとり》である。

叔父は先発分隊にいた。分隊長は矢加部軍曹という叔父と同郷の方で、叔父はたいそう可愛がっていただいたという。分隊長は日頃から考えておられた。同郷の部下を一日も早く昇進させてやりたい。しかし、他の部下の手前もあり、何の武勲もない者を上申することも憚られる。幸い、今日移動するところはわが軍の勢力範囲でもあり、安全なうちに平井を尖兵にして手柄を立てさせてやろうと考えられ、叔父は尖兵となって部隊は出発した。しかし、ものの数キロメートルも行かないうちに猛烈な敵の襲撃にあった。敵はすでに目前に迫り、待ち伏せていたのである。部隊は直ちに応戦して敵を追い払った。しかし、尖兵だった叔父は文字通りに囮となって、敵弾を頭に受けて即死していた。こうして、矢加部軍曹の恩情は仇となってしまったのである。

水上聯隊がミートキーナに辿り着いた時、兵の数はすでに一三〇名になっていた。インパール作戦の失敗により、西から北から連合軍が怒濤のように押し寄せてきた。全滅が目前に迫った時、水上聯隊長は撤退を決意された。丁度その時、作戦本部から「水上少将ハミートキーナヲ死守セヨ」という命令が届いた。しかし、そこには第四八聯隊はミートキーナを死守せよとは書いてなかった。立て続けに水上聯隊長宛に「貴官ヲ二階級特進セシム」、「貴官ヲ以後軍神ト称セシム」という電報が届く。全てを察した少将は、部隊に撤退を命じ、自らは拳銃で頭をぶち抜き、自決をされた。

これが日本陸軍の面子のみを重んじる処理の方法であった。何とも残酷な話である。

矢加部軍曹らは筏《いかだ》を組み、イラワジ河を下って落ち延びた。昼間は敵に狙い撃ちされるので、岸の茂みに隠れ、夜になってひそかに下る。筏の上にいては危ないので水につかり、筏にぶら下がりながら下るのだが、それでも敵に攻撃され、兵は次々に倒れていく。河には大きな滝が三つもあって、泳げない兵士の多くはここで溺死してしまった。僅かに生き残った軍曹たちは、もとの龍兵団に合流すべく、やっとの思いでナンパッカまでたどり着いた。ナンパッカには、叔父の従兄弟の友清栄小父さんが軍属として来ていた。この小父さんと軍曹は幼馴染であった。ここで、二人は偶然にもぱったりと出会い、叔父の戦死の一部始終が伝えられたのである。

騰越に残り、半数となった一四八聯隊の兵士たちは、五万発の砲弾を撃ち尽くし、最後には味方の戦闘機によってかろうじて届けられた五〇〇発の手榴弾も使い果たして、ついに全滅してしまった。それを契機に連合軍は怒濤のように押し寄せ、ついに国境を越えてビルマ領内に侵入してきた。

日本軍は後退を余儀なくされた。後退しながらも、敵の機動部隊の進路を少しでも妨害しようと、大木を伐り倒してはそれで進路を塞ぎながら、やっとの思いで野営地に辿り着く。しかし、夕食の用意を始めた途端に敵が猛烈に攻撃してくるため、日本軍には食事の時間さえなかった。それが毎日続くので、兵士たちは体力の消耗が激しく、次第に戦意を失っていった。

それにしても、あれだけ道路を塞いできたのに、どうして敵がいとも簡単に追撃してくるのか、日本軍には最後まで理解できなかったという。敵は強力な機械力を駆使して、いとも簡単に追撃していたのであった。

敗走する日本兵に混じって、木箱を山のように積んだ荷馬車が何台もあった。飢えた兵士たちにはそれが食糧に見えた。運搬の兵が止めるのも聞かず、幾つもの箱が壊されたが、中から出てきたのは多数の茶色い封筒だけだった。戦争が激しくなり、戦死者の数が急に増えてくると、いちいち遺骨を日本へ送る余裕などなくなった。それで、戦死した戦友の手の小指を一本切り取って封筒に入れ、部隊は移動していった。夥《おびただ》しい屍《しかばね》は野晒しとなった。その封筒が溜まると木箱に入れ、部隊は移動していった。それが積もり積もって荷馬車何台にもなっていたのである。

しかし、その荷馬車も敗走の途中で敵の砲撃に吹き飛んでしまったか、ついには道路に打ち捨てられてしまったか、一つとして日本には帰ってこなかった。戦後になって、叔父の遺骨が返ってきたが、白木の箱の中には「ビルマ方面にて戦死」と書かれた一枚の紙切れが入っていただけだった。最後には雪崩《なだれ》のような日本軍の敗走が始まった。辻参謀は軍刀を抜き、道路の真ん中に仁王立ちとなって、「貴様らはそれでも帝国陸軍かぁ。逃げる奴はこの俺が叩っ斬るぞおっ」と物凄い形相で叫ばれていたという。勇猛を持って鳴らした日本陸軍の末路はかくも無残であった。栄小父さんたちはそのような光景を遠くに見ながら、ひたすら逃げ続けたという。

戦争は日本の惨憺たる敗北に終わった。かろうじて生き残った矢加部軍曹たちは復員してこられた。ある時、龍兵団の生き残りの人たちによって、戦死した遺族の方々への戦争報告会が催され、祖母も出かけた。矢加部軍曹は祖母に向かって「部隊が進む時は、尖兵といって二人の兵士を先に出発させ、敵の様子を探りながら進みます。もし、敵に出会ったら最初にこの尖兵が攻撃されるので、敵が待ち伏せているのが分かり、後から進んでいる部隊は適切な対応ができるのです。ところが、この時の敵は、尖兵二人をそのままやり過ごしましたので、敵がいないと思った部隊は安心して出発したのでした。待ち伏せていた敵は、この部隊めがけていきなり攻撃してきましたので、不意をつかれてどうすることもできず、大勢の戦死者を出してしまいました。平井上等兵は先頭を歩いていましたので、最初に敵の攻撃を受け、敵弾が頭に当たって即死していました。助けてやることもできず、本当に残念なことでした」と話されたという。

祖母は納得して帰ってきた。「ちっとも苦しまずに、あっという間に死ねたのが、せめてもの慰めだねえ」と言っていた。その祖母も昭和三五（一九六〇）年、七五歳でこの世を去った。矢加部軍曹は真実を話されなかった。「私の命令で、あたら貴方の息子さんを殺してしまいました」とは、たとえそれが軍曹の恩情から出たことであったにしても、その母を前にしてはどうしても言えなかったのであろう。軍曹の気持ちが私には痛いほど分かる。その軍曹も数年前亡くなられたと聞く。栄小父さんも、軍曹の気持ちを思いやってか、祖母には本当の経緯を話されなかったようである。私もそれでよかったと思う。

この悲惨なビルマ戦線を舞台にして、竹山道雄は『ビルマの竪琴』という小説を書き、昭和三五（一九六五）年、映画化された。監督は市川崑、脚本は彼の奥さんの和田夏十が書いた。素晴らしい傑作だった。私はあのラストシーンを鮮やかに覚えている。茫漠たる荒野を、僧衣に身を包んだ水島上等兵が遠ざかっていく。そして、画面いっぱいに「ビルマの土は赤い　岩もまた赤い」という言葉が浮かび上がってくる。それは実に印象的であった。

しかし、市川監督はこの作品に満足できなかった。それは、白黒画面ではどうしてもあのビルマの赤い土が表現できなかったからである。この想いを抱き続けた監督は、昭和六〇（一九八五）年、再び今度はカラーで同じ映画を撮った。脚本も今は亡き妻和田夏十のものをそのまま使った。この映画も傑作として話題になった。

あのアンデルセンのように優しかった叔父も、多くの戦友と共にビルマの赤い土と化してしまったであろう。限りなく、私は戦争を憎む。

［追記］この文を読んだ母が、こんな思い出を話してくれたことがあった。叔父から最後の頃に来た便りに、「先日行軍中に、ニュース映画撮影班が私たちを撮影していきました。いずれ、

ニュース映画で放映されるかも知れないので、注意していてください」と書かれていた。当時、映画館では、本番の映画が始まる前に、週替わりでニュース映画が上映されていたのである。ある週末、母が一人で映画を観に行ったところ、その時のニュース映画の中に、突然、ジャングルの中を疲れた顔で行軍する叔父の姿が映し出された。思わず「晴治」と叫びそうになったという。直ぐに画面は変わってしまった。週末だったので、翌日から別のニュース映画になるため、結局、母だけしかその映画を観ることができなかったという。その母も、平成一五(二〇〇三)年、九四歳でこの世を去り、すでに一六年が過ぎた。この戦争の風化は、ますます進むばかりである。

水上少将の最後付近の事情は、栄小父さんの記憶と事実との間に、幾らかの齟齬があるようである。この間の事情は、丸山豊著『月白の道』に詳しい。参照していただきたい。

表と裏

昭和三五(一九六〇)年頃だったと思う。福岡のTデパートで、「視覚障害児の彫刻展」というのが開かれているのを観たことがある。主に粘土細工であった。様々な物や動物などが作られていたが、見物しながら私は「群盲象を撫ず」の話を思い出していた。どの作品も一生懸命作ったには違いない努力の跡がはっきりしていたが、中にはユーモラスなものがあったり、滑稽に見えるものがあったりで、微笑ましい作品が多かった。所々に制作した児童たちの会話や作文などがパネルにして置かれていたが、その中の一つにこんなのがあった。九歳の時に病気で失明してしまった子が、生来盲目の子に「真っ暗かい」と尋ねたところ、その子は「真っ暗って、どんなこと」と、聞き返したというのである。

私はそのパネルを見た途端、冷水を浴びせられたようになって、冷やかし気分が吹き飛んでしまった。このような世界に生きる子供たちの作品なのかと思うと厳粛な気持ちになって、今一度改めて全作品を見直したのであった。病気で失明した子は、かつて明るい光の世界を経験していた。したがって、今自分がいる暗黒の世界が分かるのである。しかし、生まれた時から光を知らない子は、光のある世界は勿論、光のない世界もまた理解できないのである。

物事には必ず表と裏がある。私たちは、表を知っているからこそ、ここが裏であることを、つまり物には両面があることを認識することができるのであって、最初から表しか知らない人は、裏があることを認識できないだけでなく、今自分がいるところが表であることすら理解できないであろう。

日本は今、平和の真っ只中にある。この平和の中に生まれ育ち、この状態しか知らない人々にとっては、戦争の悲惨さは勿論平和の貴重さや、その脆弱《ぜいじゃく》さも見えないのではないか。むしろ、この状態がいつまでも続くように思い込んでいる節さえ感じられるのは、私の取り越し苦労だろうか。こんなふうに言うと、私が平和を願っていないように思われるかも知れないが、そうではない。戦争の悲惨さを体験してきた者は、平和の尊さが何にもまして大切なこともまた知っている。だから私たちは平和を築き、守っていくことにこれまで大変な努力をしてきたのだと思う。

しかし、平和の中に生まれ育った世代は、平和であることが当たり前すぎて、その尊さも守ることの大変さも、認識できていないような気がしてならないのである。戦争と平和も、人間の有り様の裏と表だと思う。

今日、飽食の時代だといわれて久しい。テレビではグルメ番組が数多く、どれも視聴率が高いという。しかし、ほんの四十数年前まで、日本人の大半は毎日お腹を空かせていたのである。主食のコメですら僅かしか配給がないので、千切り大根を沢山入れた大根飯、サイコロに切ったサツマイモをふんだんに入れたイモ飯などで、やっと飢えを凌いだ。

私の父は農具鍛冶屋だったので、お百姓さんが鎌を作りに来たり、鍬の修理に来る時には、よく、手土産にサツマイモを持って来てくれた。それで、とにかくイモだけはあったので、朝昼晩の食事はもとより、おやつまでもイモであった。蒸したり焼いたりするだけでは直ぐに飽きてしまうので、食べ方を工夫した。生芋をすりおろして丸めて蒸すと、歯応えのあるイモ団子となる。蒸イモをを薄く切って天日で干すと、イモゼリーができる。生芋を薄く切って乾かしたものを焼くとイモビスケットになる、という具合であった。

しかし、どんなに工夫してみたところで、所詮サツマイモはサツマイモであった。あまりイモばかり食べ過ぎたので、今ではサツマイモを見ると精神的に拒否反応を起こすようになった。これを私は「サツマイモ・コンプレックスやカボチャ・コンプレックス」と呼んでいる。私と同世代には、案外とサツマイモ・コンプレックスの人が多いのである。

それでも私はまだお腹一杯食べられただけ良い方であった。我が家の向かいに国鉄官舎があり、助役さん宅に五歳の男の子がいたが、栄養失調でお腹がカエルのように膨れて、とうとう死んでしまった。農家が作っているトウモロコシやカボチャが頻繁に盗難に遭い、ついには番小屋までできる始末であった。命をつなぐためには盗みも致し方なかったのであろう。ほんの四十数年前の、しかもこの地方での出来事なのである。

学校給食で生徒の嫌いな献立があったりすると、残飯が山のように出る。食べ残しのパンが教室や廊下に投げ捨てられている。教師の机の上に、幾日も前のパンが置かれたままになっている。やがて、カビが生え、事もなげに塵箱へ捨てられる。掃除の生徒は、当たり前のようにそれを焼却場へと運ぶ――。これが学校で日常に見られる光景である。この日本の食糧自給率は、およそ五〇％に満たないほどであるという。かつて、米国のさる高官が「日本を滅ぼすのに武器は要らない。石油と食糧の輸出を止めればいい」と言ったとか言わないとか、そんな噂があった。事の真偽はともかく、これは真実である。日本の繁栄と飽食は、そんな危なっかしいところで成り立っていることだけは確かである。

私たちは、この贅沢な生活が当たり前になって、贅沢をしていることすら気付かなくなってしまっているのではないだろうか。飽食と飢餓、これも一枚の紙の表と裏のように思われて仕方がない。

［追記］二〇一八年度の日本の食糧自給率はカロリー・ベースで三八％であるという。

私の森

福岡県の南部で大分県との県境に釈迦ケ岳（一二三一メートル）、御前岳（一二〇九メートル）など福岡県では最も高い山が続く津江《つえ》山地がある。かつてこの付近一帯の国有林は鬱蒼とした自然林に覆われていたが、二五年程前から急速に伐採が進み、今では、自然林は一〇〇〇メートル以上の尾根筋に僅かなブナやミズナラの林を残すだけで、一面伐採されてしまった。

私が初めてこの山地に植物採集に入ったのは、昭和三八（一九六三）年頃であった。その頃はすでに海抜七〇〇メートルまでは林道ができていたが、それから上の国有林は、危なっかしい木馬道《きんまみち》と細い登山道があるだけだった。今の若い人は知らないと思うが、以前は伐採した材木を木馬という木橇《きぞり》に積み、丸太を敷いた上を滑らせて下の集積地まで下ろした。この丸太を並べた歩きにくい山道を木馬道と言ったのである。しかし、それは現在のような発破とブルドーザーで山腹を削り取って造ったような林道と違い、できるだけ山を壊さないように、遠慮しながら造られた細い道だった。

そして、山には溢れるほどの自然があった。私は度々採集に入り、随分と植物の勉強をさせてもらった。

昭和四五（一九七〇）年、県の教育委員会から科学教育研究奨励金をいただき、これまでの成果を「釈迦ケ岳・御前岳及びその付近一帯の植物」としてまとめることができた。しかし、この時の調査中にも林道は奥へ奥へと延びて、伐採は急速に進んでいった。そのため、伐木に着生していたナカミシシラン、スギラン、オシャグジデンダなどという珍しい植物を採集することはできたが、日に日に丸裸となっていく山を見ていると、居ても立ってもいられなくなった。ここで何とかしなければ貴重な福岡県の宝が無くなってしまうと、本当にそう思った。

国有林を伐採しているのが林野庁であることはとうに承知しているものの、一介の中学教師ではどうすることもできない相手である。幾人もの助言と援助を受けながら少しずつ運動を始めた。「福岡植物友の会」という植物同好会のK会長の了解を得て、会の名前で林野庁長官と熊本営林局局長に嘆願書を出した。「ちくご山の会」を通して、「筑後地区山岳連盟」の名で同じところに要望書を出した。国有林の所在地である矢部村の村長、教育長、林業組合長などと会い、営林署への側面からの働きかけをお願いした。いろいろと問題はあるようだったが、何とか協力を約束してもらった。また、福岡の「歴史と自然を守る会」へお願いして、環境庁長官、林野庁長官、熊本営林局局長宛に要望書を出してもらった。その上、守る会事務局長のH氏のご尽力で、ＲＫＢテレビ局に渡りを付けてもらうことができた。幸い、テレビ局が午前中に放送している婦人向けの番組の一つのコーナーで取り上げてくれることになった。

昭和四七（一九七二）年九月二一日、日田営林署所長、生態学者の細川隆英博士（九州大学教授）、私

の三人と司会者との座談という形で放送された。所長はこの件に関して、種々の嘆願や要望が出ていることは十分に承知されているようであった。放送は七分間という短い時間だったので、私は必死になってこの自然林が福岡県にとっていかに大切な財産であるかを訴え、細川博士も私を援護してくださった。所長は渋々ながら、御前岳の西側の約六ヘクタール程を伐採計画から外して残すことを約束してくれた。それは三〇〇ヘクタールもある御側山国有林の中の僅か六ヘクタールで、しかも林道を延長しなければ伐採できないような西の端の部分であった。不満ではあったが、こうしてやっと自然林の一部が伐採を免れることになったのである。私はこの時、マスコミの力というものを改めて認識した。

しかし、営林署長は単なる口約束をしたに過ぎない。所長が交替したり、林野庁の方針が変更されたら、いつまた伐採が始まるかも知れないのである。別な手立てを考える必要があったが、なかなか決め手になるような良い方法が見つからないまま、いたずらに年月だけが過ぎていった。ところが平成一〇（一九九八）年になって、県は矢部川県立自然公園について指定範囲などの見直しをすることになり、幸いにも私はその検討委員に選ばれた。それで私は、かろうじて伐採を免れているこの六ヘクタールを釈迦ケ岳—御前岳間の尾根筋に残されたブナ林にくっつけて、第一種特別地域に指定するよう要望した。県の自然保護課の係が何度も熊本営林局と交渉してくれたが、営林局のガードは固く、この一帯は第二種特別地域の指定に留まった。しかしこれで、県立公園特別地域という一応の歯止めができ、営林署の独断で皆伐されることだけは何とか免れることになった。やっと少しは安心することができたが、運動を始めて実に二〇年が過ぎてしまっていた。

この六ヘクタールの森は、御前岳の頂上からも僅かしか見えず、林道からも遠く離れているため、殆ど人目に触れない所にあるが、実に素晴らしい森である。三月下旬、黄色いマンサクの花で春が始まる。四月になるとコバルト色の可憐なヒメエンゴサクの花が地面に散らばり、やがて滴るような若葉の季節が訪れる。夏にはピンク色のオオキツネノカミソリの花が林床を埋め、秋にはコハウチワカエデ、イタヤカエデ、シオジ、ブナなどの葉が鮮やかな赤や黄に染まってしまう。冬になると真っ白な雪の上に真っ赤なツルシキミの実が散らばってきれいである。きっと、小鳥の飢えを救ってくれていることだろう。

私は今でも時々、一人でこの森を訪れる。林床の草の上に仰向けになると、辛いことも嫌なことも忘れて、いつの間にか穏やかな、安らかな雰囲気に包まれてしまう。それは慌ただしい都会の生活に疲れた若者が、久しぶりに故郷の我が家に帰って来た時のような、そのような気持ちである。私たちの遠い祖先の縄文人は幾千年もの間、このようなカシやブナの森の中で暮らしていたのだから、私もきっと遠い故郷に帰ったように安らかになれるのであろう。

僅か六ヘクタールのこの森は、正確に言えば日田営林署管轄の御側山国有林の一部である。しかし、いくら小さくてもこの森は私の宝、愛して止まない「私の森」なのである。やがて私は死ぬ。そして更に長い時が流れ、この森はもっともっと豊かになることだろう。もうその頃には、どうしてここにこのような立派な自然林が残ったのか誰も分からなくなってしまう。それでもなお「私の森」はひそやかに生き続けていることだろう。

終わりに

今、三五年間の教師生活に終止符を打とうと決めてみると、初めにも書いたように、生徒たちに話しておきたかったことが幾つかはあったような、そんな気がしてこのような文を綴ってみようと思い立ったのだった。しかし、いざペンを執ってみると、自分の語彙や話法がいかに粗末なものであったかを嫌というほど思い知らされることになった。私の持っている数少ない語彙や修辞法では、自分の想いの半分も文章の上に定着させることができないのである。目の粗い網ですくい上げたように、多くのものが零れ落ちてしまって、そのもどかしさをどうすることもできないまま、今この拙文を終わろうとしている。これは私自身の不勉強のせいで、誰を恨むこともできない。

私の生きた昭和という時代は、本当に激動の時代であった。太平洋戦争が終わったのは私が小学校六年生の時で、直接戦場で戦ったことはないが、少国民は少国民なりに必死に生きていたように思う。まして、周りの先輩たちは戦前・戦中・戦後を通して、それは筆舌に尽くせない苦労の連続であった。しかし、あまりにも苦しかったことは口に出すことさえ辛いようで、多くは黙したまま、あるいはこの世を去り、あるいは第一線から退いていかれた。

しかし、これら先輩たちの大変な苦労の上に、現在のこの世界一平和な国は築かれたのであり、昭和一桁生まれの私としては、そのことに拘り続けることによってしか、自分のアイデンティティーを持ちえないように思われ、つい、この時代に触れた部分が多くなってしまったし、きっとこれからも拘り続けていくことだろう。

実際に教室で中学生に向かって話をしたのであれば、本当はもっと易しい言葉で話しただろうが、更に言葉を砕いてしまうと、なおさら自分の想いから遠くなってしまうように思えたので、あえて私自身の言葉で通してしまった。中学生には済まないが、辞書を引きながらでも読んでほしいと思う。途中で読み捨てられても、それもまた止むを得ないと思っている。

平成二（一九九〇）年一二月

親に話したかった雑談

これは、平成三（一九九一）年三月、三五年間勤めた教師生活を終えた時、その当時の学校の状況についていささか考えるところがあって、書き残したものであるが、公表はしなかった。現在は私が退職した頃より、中学校も落ち着いているようである。しかし、かつて中学校がここに書いているように、荒れた時期があったことだけは事実である。

親の姿が見えない

平成二（一九九〇）年七月、神戸市のある高校で、遅刻して学校に駆け込もうとした女生徒が、教師が閉めた鉄の門扉に挟まれて圧死するという痛ましい事件が起こった。校則は校則として、このような融通の利かない厳しい教師の責任は問われなければならないだろうし、それは現在進められている裁判で判断が下されるだろう。その時、マスコミは高校における校則の厳しさについて言及するところが多かったが、私は遅刻した生徒に対し、門を閉めて校内に入れさせないという行為自体は、そんなに厳しいことではないと思う。

私の知人が、かつてアメリカの学校を視察に行った時、遅刻した生徒は一時間程度門の外で立たされていた、と言っていた。時間を守るということの大切さを、こうして若い時から教えているようだと話していた。日本人の時間のルーズさと較べて、私もなるほどと感心したものである。

また、福岡県のある私立高校では、何年も前からアメリカと同じく、遅刻生を門外に立たせているが、このような悲惨な事件が起きたことはない。問題は世間や生徒自身が「約束した時間の厳守」ということを、どれほど重たく受け止めているか、というところにあると思う。

現在、中学校で作られている校則なるものが詳細を極め、煩雑なものであり、その殆どがいかに無意味な代物であるかということは、大いに議論されるべきであろう。しかし、校則の中には、生徒たちが人間として生きていく上で最低限これだけは守ってほしいという決まりもあるはずである。それらをごっちゃにしての校則否定論だったらそれは間違っていると思う。

この神戸市の高校では、毎日門扉を閉める時刻になると、多数の生徒が校門になだれ込んだという。そんなに遅刻の生徒が多かったのである。このことについては今日まであまり取り上げられなかったのではないか。この事件以来、世間の批判を浴びてこの高校ではかなり校則が緩やかになったが、その結果、服装は乱れ、喫煙者は増え、遅刻生は以前にもまして増えてしまい、学校全体が非常に乱れてしまっているという。つまり、そのような生徒たちだったのである。

一般に公立高校よりも私立高校の方が校則の厳しい学校が多いようであるが、これは、私の学校はこんなに品行方正で真面目な生徒ばかりの立派な学校です、ということを、その学校の特色とし、世間の信頼を得ようとしている場合が多いからではないかと思う。この高校もそのような学校の一つだったのではないだろうか。しかし、このことを裏返せば、現在の高校生はこんなにしてまで周りから強制されなければ、自分を律することができないほどルーズになってしまっているということにならないか。

こんなに遅く家を出たら遅刻するだろうということぐらいは、親にも分かっていたのではないか。どうしてもう少し早く家を出してやれなかったのか。もう高校生だから自分のことぐらいは自分でやりなさい、と言うのなら、なぜそのくらいのことは自分でやれるほどの人間に育てることができなかったのか。厳しすぎる校則を、教師の融通のなさをあげつらうのはたやすいし、そのことを批判することも正しいだろうが、それだけではこのような人間に育ててしまった高校生たちの向こうにいる親の姿は見えてこない。

私は長年、中学校の教師をして、非行少年も数多く見てきたが、これら少年たちの両親は殆ど例外なく、親としての保護能力も指導能力も失くしてしまっている。自分たちでつくり、自分たちで育てたはずの子供を全く扱い兼ね、手を焼いてしまっていた。どうしてこうなってしまったのか。多くの場合は幼い時に大変甘やかしてわがままに育てたために、自分の欲望を我慢したり、自分の感情を抑える自制心が全く身についていない人間になってしまったか、親が全く信用できなくなるようなことを、子供の前で演じ続けてしまった場合が多いように思われる。

かつて、長年少年院で保護観察官をされていたI先生の講演を聴いたことがあったが、先生は「非常な逆境に育ったがために非行に走ったような少年は指導によって更生することも多いが、幼児期に甘やかされ過ぎて非行に走った少年は殆ど立ち直れません。非行に走るか走らないかは、まず三歳までの育て方で決まってしまうようです」と話された。

非行にまでは走らなくとも、親の注意など殆ど聞かなくなってしまっている中学生や高校生が近頃いかに多くなったことか。多かれ少なかれ、幼児期に甘やかされ過ぎた結果だと思う。そして、人間として最低限守らなければならないルールとしての躾が、おろそかにされ過ぎてきた結果だと思う。

現在の中学生・高校生たちの集団によるいじめや暴行、暴走行為、シンナーの吸引等々様々な、あまりにも自己中心的で刹那的な反社会的行動に対して、行き過ぎた受験競争の激化など世の中の矛盾や、厳しすぎる校則に対する生徒の反発などを、その原因として取り上げることによって、説明したり、批判することが多いようである。それも間違いではないと思うが、彼らが幼児期においてどのような育てられ方をしたかというところまで突っ込んだ議論が行われない限り、絶対に根本的な解決には至らないのではないか。親の在り方こそが何よりも先んじて今問われなければならないのではないか。

お口を開けて

以前勤めていた中学校に、熱心な女性の数学の先生がいた。或る時、二〇本程もコンパスを入れたお菓子の空き箱を持って授業に出かけるので、「そんなに沢山どうするんですか」と尋ねると、その先生は憮然とした様子で、「図形の単元に入ったんですが、何度注意してもコンパスを持ってこない生徒が何人もいて、直ぐに友達のものを借りるので、貸した方が迷惑するから他人のものを借りてはだめだと言うと、今度は反省の様子もなく、全く授業に参加しません。これでは勉強にならないので、仕方なく忘れた生徒に貸してやるのです。ところでねえ先生、このコンパスもみんな落とし物か忘れ物なんです。二、三年もすればこれくらい直ぐに溜まるんですよ。今の生徒は全く物を大切にしませんね」と言われるのであった。

この中学校では一年生の間、毎週一回習字の時間がある。ところが、大抵どのクラスでも習字道具を忘れて来る者が数名はいる。道具を忘れた者にはペン習字をさせたり、漢字の書き取りをさせるなどの別の作業を与えるが、そのような生徒に限って言いつけられたことはしないで、騒いだり周りに悪戯して授業を妨害するばかりなので、常時一〇名分位の道具を準備して貸し与えている。道具を忘れるほどだから、勿論習字用紙など持って来ているはずもない。友達に借りて間に合わせているが、まず返すことなどなく、気の弱い生徒など何人分もの用紙を巻き上げられている。この忘れた生徒用の道具だって学校が買ったものではない。上級生や卒業生が教室に置きっぱなしにして、どんなに尋ねても受け取りに来ないので、学校が保管していたものである。

美術の時間はほとんどが作業である。一年に入学した時、絵の具絵筆は勿論、絵を描くのに必要な道具はセットになってバッグに収まったものを学校が世話して生徒に持たせる。生徒は先生が指示したものを描くだけである。美術の教材は多岐にわたっており、材料はその都度学校で準備される。生徒各自で材料まで揃えなければならないようなことはまずなく、もし、そんなことをさせたら絶対に準備してこない生徒が何人も出てきて授業はできない。彫刻の時など、彫刻刀のセットは学校で揃えているものを使わせる。個人で持たせておくと、これまた何人かは必ず忘れて来るし、壁や机に悪戯彫刻ばかりして困るので学校で準備し、授業が終わるとそのつど彫刻刀は回収するのである。ところが、いつも作業が終わる頃には必ずかなりの彫刻刀が無くなっている。生徒が勝手に持ち出したのであるが、そこには公共の物を大切にしようなどという気持ちは微塵も見られない。

彫刻刀だけでなく制作中の作品まで毎時間ごとに集めているので、「どうして出来上がってもいないものまで集めるの」と美術の教師に尋ねると、「生徒たちに持たせていたら、次の時間には必ず忘れて来たり盗まれたり、無くしてしまったりする者が何人も出てきて困るのですよ」と言うのである。

まあ、これが偽らざる中学校の現況である。コンパスなど彫刻刀と同じように最初から学校に備えて置いては、という意見も多いと思う。しかし私は、個人で使用するものはあくまで個人で準備することを基本とすべきであると考える。自分の持ち物だと思うからこそ愛着もわき、大切にしようという気持ちにもなるだろう。今の子供たちには持ち物を大切にする気持ちなど全くないのかも知れないが。

ところで、私が問題にしたいのはそのことよりも、むしろそんなにしてまで教師が世話をしてやらなければ、生徒が勉強や作業に取り組もうとしないことの方である。生徒にとっては一番大切なものであるはずの勉強に積極性が見られない、自分から進んでやろうとする意欲が全くないのである。どうしてこんなことになってしまったのだろう。

毎年夏休みになると、中学校では学年ごとにキャンプに出かける。年度によっても違うが、一年生などは竈《かまど》の燃やし方を殆ど知らない。現在はどの家庭も電気やガスで調理をしているので仕方のないことである。しかし、小学校の時からキャンプの経験は何度かあるはずなのに全く下手である。ある年の一年生などは特にひどかった。殆ど、どの班の竈も火がつかない。若い担任の先生は、飛び回って自分のクラスの班の竈に火をつけて回る。やっと燃え出すと向こうの方から「せんせーい。火が消えたよお」とお呼びがかかる。煮炊きをしている間中、先生たちは獅子奮迅の働きである。自分も竈時代を知らない先生たちが、滝のように汗を流しながら竈に取り組んでいる周りを、生徒たちは取り巻いて見ているだけである。

おそらく小学校の時のキャンプも、こんなことの繰り返しだったのだろう。担任も担任だと思う。要領だけ説明して、後は生徒に任せるべきであろう。勿論、生徒だけに任せていたら更に一時間以上の時間がかかるのは確実である。後の行事が遅れることを心配しての手助けだったのかも知れないが。あるいはこの先生方も、中学時代には同じように手助けをしてもらって育った世代かも知れない。

秋から冬にかけては、よく給食のデザートに蜜柑がついてくる。ところがこの蜜柑を食べない生徒が多く、給食指導に行っていた担任が、両手に持てないほど食べ残しを持って職員室に帰ってくる。そのまま生徒に持たせていたら、壁に投げつけたり、蜜柑でキャッチボールを始めたりして蜜柑を潰し、教室を汚してしまうのである。そんなに蜜柑が嫌いな生徒が多いのかというと、そうでもない。皮を剥き、いちいち袋を出して食べるのが面倒くさいらしいのである。できるだけ早く食事を済ませて、昼休みの時間を少しでも長く遊んでいたいのかも知れないが、今の生徒は自分で皮を剥いて蜜柑を食べることすら面倒がっているようである。

では、どうしてこんな子供になってしまったのだろうか。幼児に食事をさせると、スプーンすら上手に持てず、食べ物の大半は周りにまき散らしてしまう。見かねた親は「さあ、お口を開けて、はい」と言いながら食べ物を口に入れてやる。この方がよほど効率がよく、親にも子供にも都合がよい。勿論、どの家庭でもやっていることだが、これが度を越したお節介になるところに問題がある。

食事に限らず、幼児のやることは無駄や失敗が当たり前であって、大人は加勢したいのを我慢して、子供自身にやらせてこそ子供の自立心は育つのである。子供の失敗に我慢できず、いちいち大人が手を出していては子供の自立心は幾つになっても育たないだろう。周りの手助けがなかったら何事もできず、次第に、自分から始めようなどとは考えもしなくなってしまう。つまり、全てに過剰な世話を受けて育った子供には、積極的な意欲など身につくはずがないのである。

しかし、こんな育ち方をした子供が多くなった結果が、右にあげたような中学校の現在の状況を作り出していると言えないだろうか。現在の子育ては間違っている。どこかで狂ってしまったようである。

他人のものは

生徒が帰ってしまった中学校の教室へ入って、そっと覗いてみれば分かることだが、教科書やノートがびっしり詰まっている机がきっと五、六脚は見つかるだろう。時にはそれよりもっと多いこともある。どうせ持って帰っても勉強などしないのだからと、置いて帰ったのである。

私の小学校時代でも、帰ったら鞄は玄関へ投げ出し、外が暗くなるまで家には寄り付かず、勉強などろくにしたことはなかった。しかし、中学時代にはそんなに呑気でもおられず、少しは勉強した。入学試験を受け、選抜されて入った学校であってみれば、義務教育の今の中学とは少々事情が違うというところはあったろう。

家に帰っても勉強しないことは昔と同じだったとしても、今の中学生は毎日の登下校の時、教科書の一杯詰まった重たい鞄を下げることが、すでに面倒くさくてしようがないのである。したがって、文房具は全部学校へ置きっぱなしとなる。ちゃんと鞄は持って登校しなさいと言われるので、仕方なく持っては来るが、物を入れなくなってしまった鞄は限りなくアクセサリー化していくことになる。ノートを一、二冊入れたら一杯になってしまうように薄っぺらにして格好よく改造したり、ステッカーなどをやたらと貼って派手にしている。中には手ぶらで登校したり、甚だしい生徒になると、定期考査中というのに教科書を学校に置きっぱなしという者までいる。そのうちに机から落ちてしまったり、誰かに無断拝借されたりして、無くなってしまうことさえあるが、さして気に留めている様子もない。どうせただで貰った教科書のこと、その上勉強することもないとあれば、無くなってもともとである。

こんないい加減なことで教科書を無くしてしまった生徒が、学年の終わりになると幾人も出てくることになる。私など厳しい方なので、教科書も持たずに授業を受けるとはけしからん、隣の人に見せてもらっては隣が迷惑する、教科書ぐらい持って来い、ときつく注意する。それでも持って来ず、叱られるのは嫌なので、人のいない教室から、これも置きっぱなしの教科書を無断で拝借して来てしまう。このような生徒に限って返すのも面倒なのか、理科室にほったらかして帰ってしまう。私は一学期の初めには必ず教科書に記名させているが、その教科書には記名がない。おそらく私が教えていないクラスから借りて来たものであろうが、落とし物として何度尋ねても誰も取りには来ず、このような教科書が年度の終わりには二、三冊は手元に残ってしまう。

体育の時間のトレーナーなども全く同じで、忘れても取りに帰るのが面倒くさいのか、仮病をつかって見学するか、友達のものを借りて済ましているが、不衛生なこと限りない。または無人の教室から置きっぱなしのトレーナーを無断で持ち出し、返しにも行かずに脱ぎ捨てている。持ち主の生徒の方は、ろくに探しもせずに盗まれたと言ってまた新しく整える。かくして、持ち主のはっきりしないトレーナーが校舎のあっちこっちに散らばっていることになる。ここには物を大切にする気持ちなど微塵も見られないのである。

生徒昇降口には各自の下足箱が備えられており、ちゃんと作り付けの傘立てがある。雨になるかも知れないので傘を持参した生徒が、この傘立てに立て掛けて教室に入る。案の定雨になり、その生徒は用意して来てよかったと傘立てに取りに行くが、殆ど自分の傘があった試しはない。面倒くさくて傘も持って来なかった生徒が、他人の傘を失敬して先に帰ってしまったのである。仕方なく傘は教室まで持ち込まれることになり、各教室はバケツなどで傘立てを作っている。こうして昇降口の傘立てはその存在意義をなくしてしまっているのが現状である。本当に嘆かわしいことだが、「他人の物は自分の物」となってしまったと言わざるを得ない。

下足箱がまた問題である。昨日買ったばかりの上履きを下足箱に入れていたら、今朝無くなっていましたと生徒が訴えに来る。担任や友人と一緒になって捜してみるがどこにもない。誰かに失敬されたのである。名前を書いていたのかと聞くと、殆どの場合書いていない。ちゃんと書いていないからこんなことになるんだよ、とお叱りを受ける。盗まれた上に叱られては、まさに泣きっ面に蜂である。

たまに見つかることもある。盗んでいた生徒を厳しく叱ると、しおれた様子で、自分も買ったばかりの上履きを盗まれてしまったので、つい似たのがあったから履いていたのだという。他人の物を盗んだのは悪いに違いないが、実は彼自身も被害者だったのである。下履きの白ズックが無くなりすることもしばしばである。たまにはいたずらされて遠くへ投げ捨てられていたり、隠されていたりすることもある。

とにかく、学校というところは生徒にとって油断も隙もあったものではない。まさに現代社会の縮図を見るようである。

放課後になって帰ろうとした生徒が、「私の自転車がありません」と言って職員室に駆け込んでくる。外から泥棒が入るようなところではないので、皆で学校中を捜して回るが見つからない。諦めかけているところへ、無断拝借をして用足しに行っていた生徒が、二人乗りで悠々と外から帰ってくる。とうとう見つからないで諦めていたところへ、警察から連絡が来ることもある。駅の近くの草むらに乗り捨てられていたのを、その付近の人が警察に連絡してくれて、登録番号から持ち主が分かったのである。良くない生徒が無断で乗り回し、その挙句に乗り捨ててしまったに違いないのである。人の出入りの激しい街中などでは、鍵をかけずにおいていた自転車が盗難に遭うことなど日常茶飯事で、鍵をかけていない方が悪い、ということになっているのが現状だろう。ディスカウントストアなどでは二万円前後で自転車一台が買える時代である。子供の小遣いで自転車が買える時代であってみれば、あまり罪の意識もないのであろうか。

先日、テレビを観ていたら、羽田空港で二人連れの警官が常時パトロールしていて、隣の椅子にバッグを置いていたり、荷物を置いたまま用足しに行っているような人に、持ち逃げや盗難が頻発しているので用心してください、と注意して回っている情景が放映されていた。ついに我が国もここまで来てしまったのかとつくづく思った。私は「衣食足りて礼節を知る」と教わったが、現代はまさに「衣食足り過ぎて礼節忘る」の時代である。

現代の中学生を見ている限り、何事に対しても面倒くさがり屋で、自分からやろうという気持ちなど殆どなく、罪の意識が非常に希薄になりつつあることを痛切に感じる。現在の子育ては間違っている。どこかで狂ってしまったようである。

よその子供は叱れない

中学校では、毎年夏休み前になると地域懇談会という催しを計画する。およそ四〇日の休みの間、生徒たちは学校や教師の管理を離れて、教師の監督の目が届かないところで生活することになるため、この間に、生徒が暴走したり非行に走ることがないよう、ＰＴＡと共同で行う父母との話し合いの会である。まるで子供を信用していないと言えばまさに不信の産物であるが、二学期の初めには警察沙汰になるような休み中の事件が多く発覚することもまた事実である。だからと言って、改めて父兄に注意を呼びかけたところで、現在のように殆どが共働きの家庭では、家族の者が四六時中子供に目を注いでおくことなど、とてもできるものではないことぐらい、両者とも百も承知の上でのことである。もし、不祥事が起きたような場合、学校としてできる限りの手は打っていましたという、多分に世間に対しての申し開きを意識してのことであることも事実であろう。そして、この懇談会での結論は多くの場合、「うちの子もよその子も区別しないで、悪いことをしていたらお互いに注意し合おうではありませんか」といったようなところに落ち着くのである。

もう、七、八年も前のことになるが、例によってある集落の懇談会に出かけたことがあった。その時の結論もおおよそ右のようなもので、筋書き通りにこれでお開きということになろうとした時、地域の代表として出席しておられた、かなりお年を召された区長さんが、「私はよその子供は注意しないことにしております」と、その場の状況に逆行するようなことを言い出されたので、会場が静かになってしまった。

「と言いますのは、もう何年も前のことになりますが、近くのお宮で三、四歳の子供が泥靴のままベンチによじ登っては飛び降り、登っては飛び降りして、はしゃぎながら遊んでいるので、ベンチが泥だらけになってしまったのを見まして、『そこは皆がお座りするところだから泥靴で上がってはいけないよ』と注意しましたところ、子供を遊ばせていた若いお母さんに、折角楽しく遊んでいるうちの子に、いらぬお節介はよしてよ、と言わんばかりに睨みつけられてしまいました。昔と違って今は民主主義の時代だから、子供の躾の仕方も違ってきたのかなぁと思いまして、その時以来私はよその子供にまで注意することは止めにしました」と、とつとつと話されたのである。

民主主義が聞いて呆れるだろうが、若いお母さん方はみな苦笑しながら聞いておられた。司会をしていたＰＴＡの役員の方は「そういうお母さんは例外中の例外だろうから、悪いことをしていたら、やはりどこの子供も区別しないでお互いに注意していきましょう」と言って何とかその場を纏められたが、果たしてそのお母さんは例外中の例外だったと言えるだろうか。区長さんと同じような経験をした人の話を、私は他にも何度も聞いたことがある。

これは友人から聞いた話である。ある時、乗っていた電車の向かいの座席に幼い子供を連れた母親が座っていた。子供というのは外の景色を見るのが好きなので、この時もとうとう我慢できずに靴を履いたまま座席の上に立ち上がって、移りゆく外の景色を眺め始めた。母親が気が付かずにいるふうなので、隣に座っていた男の人が見るに見兼ねて「坊や、靴は脱いだ方がいいよ」と注意したところ、母親はむっとした様子で、「ほら、叔父さんが靴を脱げと言っているので脱ぎなさい」と言って、乱暴に子供の靴を脱がせた。男の人は「しまった」といったような気まずい顔をして席を立って行かれたという。「靴のまま座席に上がるのを、別に悪いことだと思っていないのならば、あんな母親のことだから注意した人に文句の一つも言っただろうから……良いことだと思っているわけではないのだろうがね。世の中変わってしまったね」と憮然とした様子であった。

次は、先日訪ねて来た教え子の話である。今年、彼女の子供が小学校の一年生に上がった。ある日、変な髪型になって帰って来たので、「どうしたの」と聞くと、女の子はべそをかきながら、同級生の近所の腕白が鋏で切ってしまったのだ、と言う。彼女はびっくりしてその腕白の家へ行き、いたずらをしないよう注意しておいてください、と頼んで来たと言う。しばらくして、腕白のお爺さんが怖い顔をして来られ、「小さい子供が悪戯をするのは当たり前のことではないか。髪を切られたくなかったら、その時切るなと言えばよいものを。その時は黙って切らせておいて、後になって親が文句を言いに来るとは何事だ」と怒鳴って帰られたという。「うちの子はいじめられるのが怖くて、とても『切るな』とは言えなかったんですよ」と教え子は嘆いていた。

マジックインキで教室の壁に落書きをしている生徒がいる。私が注意すると、「担任でもないお前に何で怒られにゃならんのだ」と言いたげにふくれっ面をしてなかなか止めようとしない。実際、担任に対しては学籍簿や入試の内申書などに都合の悪いことは書いてもらいたくないので、かなり低姿勢で接するが、その他の教師の注意など、てんで聞かないような打算的な生徒が近年非常に多くなってきた。若い担任に知らせると「何度注意しても止めないんですよ」と言いながら、アルコール瓶と脱脂綿を持って、担任自ら消して回っている。落書きをした生徒自身にやらせればよいものをと、私はますます落ち込んだ気持ちになっていく。

学校近くの農家の方から「今、うちの田んぼのビニールハウスの陰でお宅の生徒がタバコを吸っていますよ」という電話がかかってくる。その都度、指導の先生が飛んでいくことになる。「どうして注意をしていただけないんですか」と尋ねると、「そんなことでもしようものなら、次の日にはビニールハウスが穴だらけになってしまいますよ」と言われる。生徒の仕返しが怖くて、とても注意などできるものではないらしい。

どこかの子供が良くないことをやっている。「あれはうちの子供じゃない。躾は子供の親に任せたがよい。そうしよう」という想いが、本当に恥ずかしいけれども私の心をよぎる。そして、注意するのをつい躊躇してしまうのである。もし注意をして、かえってこの子の親に不愉快な思いでもさせられたら馬鹿馬鹿しい、とも考えてしまう。また、今の中学生や高校生などは私よりずっと体が大きいので、逆に反抗でもされたらかなわないとも思ってしまう。つい、見ない振りをして通り過ぎながら、そのような自分がますます惨めになっていく。

しかし、こんな想いをしているのは私だけではないだろう。よその子供を叱るのを躊躇させるような雰囲気が、周りに醸成されつつあるように思われて仕方がない。現在の子育ては間違っている。何処かで狂ってしまったようである。

提　言

現在の小・中学生には物を大切にする心など微塵も見られない。そればかりではなく、罪の意識が非常に希薄である。生徒昇降口に置いていた傘は先に帰る生徒に持ち逃げされるので、必ず教室まで持ち込まれるのが実情で、昇降口の傘立ては有名無実となっている。自転車、バイクなどの盗難やスーパーなどでの万引きの激増は、まさに道徳の不在を物語っている。

実験材料を用意して来るように言っても、まず持って来ることはない。全て学校で材料は揃え、生徒はそれを使って言われたとおりに作業するだけが勉強だと思っている。後片付など非常に下手である。毎日の勉強に限らず。何事に対しても自発性と積極性が欠如している生徒が、近年急速に増えつつあることは間違いない。

自分で自分の子供の躾ができていないのに、子供を他人に注意されると腹を立てるような親が非常に増えている。非行少年の増加について、学校教育や少年を取り巻く社会の現状についての問題点は盛んに議論されるが、それら少年の背後にいる親の問題点を云々されることは実に少ない。数人の高校生による女子高校生コンクリート詰め殺人事件などの悲惨な事件が起こる度に、マスコミは盛んに取り上げる。しかし、それら少年たちの背後にいるはずの親の姿は、報道の中からはなかなか浮かび上がってこない。一般に非行の芽は三歳までに始まるといわれる。この少年たちが幼年期にどのように育てられたかこそが、一番大切な問題として議論されるべきではないだろうか。幼年期に散々甘やかしてわがまま勝手な、自制心も自立心も全くないような子供に育ててしまった親こそが、何よりもまず問題にされるべきであろう。自分の子供をどのように育ててきたか、どのような躾をしてきたかということこそ、何よりも先に議論されるべきではないかと思うのである。

人はこの世に生まれて以来、常に集団を作って生活してきた。この集団の中にあって、個人がそれぞれ自分の意思や欲望の赴くままに生きたとしたら、必ず他人の欲望や意思と衝突し、その集団は絶対にうまく機能しなかったであろう。そこで、どの民族もどの社会も長い長い時間をかけて、お互いに守らなければならないルールを作っていった。そして、自分たちが作り上げたこのルールをお互いに尊重してきたからこそ、どの集団もうまく発展していくことができたのである。その作り上げたルールはおそらくどの民族のものも、たいした違いはなかったし、その後に現れた色々な宗教の中に、その倫理的側面を補完するものとして有効に取り入れられ、私たちの生活を律してきたのである。モーゼの十戒における六カ条の倫理規定などはその最たるものであり、それはどんな社会、どんな国家においても素直に受け入れることのできるルールであったろう。それは言い換えれば、人として守らねばならない義務と言うべきものであったと思う。

ところが同じ人間の中に、次第に力を持った者と持たない者とが出てきた。その結果、力を得た者は大きな権力を持って、自分の意思や欲望を最大限に充足できるが、力のない多数の者はそれらが非常に制約されるという、不平等な社会や国家が出来上がってしまった。

このような封建国家の時代がその後長く続くことになった。しかし、ヨーロッパでは一三世紀になって、ルネサンス運動が始まった頃から、このような不平等はおかしい、人間は本来誰だって同じように生きる権利も幸せになる権利も持っているのであり、それらはどんな者からも制約されてはならないもののはずだという、個人主義的な考えが生まれ、この考えは次第に力を得て、やがては民主的な国家へと発展していった。したがって、民主主義は本来、その根底に個人主義的な考えを内包しているものである。

ところが、個人の価値や権利が何物にも制約されずに自由に行使できるという考えを推し進めていけば、それは次第に利己主義や自己中心主義に陥ってしまうだろう。一九世紀後半には、ヨーロッパの人々は個人主義至上の考えに内包するこのような危険性を見抜き、その考えを次第に修正していった。個人の権利は無限ではなく、人間が共同体の中で生活している限り、そこには必ず制約が伴う。あるいはそれを義務と言い直すこともできるだろう。この権利と義務が相まって、初めて民主主義は正常に機能し、発展していくものである。

こうして、ヨーロッパにおける民主主義は次第に確固たるものになっていった。勿論、イタリアやドイツのファシズムに見るような一時の蹉跌《さてつ》はあったにしてもである。この時、個人の権利に対する制約や義務の根底にあるものは何だったのだろう。それは彼らが千数百年の間信仰してきたキリスト教の倫理規定がその中心であったと思う。上は法律上の規定から、下は生活習慣上の決まりに至るまでである。それらは長い間、彼らの生活すべてを律してきたものであったし、それゆえに皆が素直に受け入れることができるものであったに違いない。

それでは、我が国においてはどうだったのだろうか。一七世紀の初め、ヨーロッパでは個人主義的な思想が盛んに発展していた頃、徳川家康が全国を統一して幕藩体制を確立した。しかし、これは将軍や大名などごく一握りの権力者による支配であり、封建国家そのものであった。この時点ですでにヨーロッパに遅れること大なるものがあったのである。この国家体制を維持発展させる根本原理として、朱子学という儒教の教えが採用された。これは「君、君足らずとも、臣、臣たるべし」というような、支配階級にとってはまことに都合の良い教えで、そこには一般大衆の権利など殆どないに等しいものだった。

一九世紀にやっと徳川幕府が滅び、変わって薩摩、長州などの下級武士が中心となって新しい国家を作った。これは少なくとも形の上では民主的な法治国家の形をとったが、実際は天皇という個人による絶対主義的支配体制の国家であったため、基本的人権や男女の平等などは著しく制限されたものとなってしまった。そのため、この国家体制を支える根本原理も、やはり儒教の教えが最適だったのである。

ところが当時、自由民権運動が盛んになっていたが、これはきわめて民主主義的な思想であったため、天皇中心の絶対主義的国家とは所詮相容れないものであった。そこで、このような民主主義的な運動を抑圧し、天皇に絶対的忠誠を誓うような国民を作り上げるために、一八八九年、井上毅などが中心となって、儒教の思想を中心とした「教育勅語」なるものが作られ、日本の国家形態を支える根本原理として国民大衆に押し付けられたのであった。これがその後の日本教育の基本原理となり、小学校の時から全生徒が暗唱させられて、繰り返し繰り返しその思想が叩き込まれたのである。

軍国主義の時代になると、それが特にひどくなってきた。毎週の修身の時間は、まず「教育勅語」の朗読で始まった。そして、教師はいつもこのように話した。

「天皇陛下はお父さん、私たち臣民は子供であります。お父さんである陛下は、広大無辺のお慈悲で私たち臣民をお慈しみになり、私たち臣民はお父さんである天皇陛下を限りなく敬い、お互いは兄弟のように睦み合うという、日本全体が一つの家族のような素晴らしい国であります。地球全体が天皇陛下を中心に一つの家族のようになったら、世界はどんなにか素晴らしく平和になることでしょう。皆さんもよく知っているように、これが遠い昔、神武天皇がおっしゃられた『八紘一宇《はっこういちう》』

ということであります。

ところが、アジアの国々は外国の植民地となり、人々はその圧政に苦しんでいるのです。アジアの人々をこの苦しみから救い、彼らも日本人と同じように天皇陛下のお慈悲のもとで、私たちと同じ一つの家族のような生活が送れるように、私たちは侵略者である米英と戦争をしているのです。だからこれは正義の戦いなのです。

ところで、アメリカやイギリスは自由主義の国で、人々は皆自由で勝手気ままに暮らしている、全くまとまりのない国なのです。このような国がまるで一つの家族のように一致団結している我が国と戦争をして、勝つはずがありません。だから、日本はこの戦争には絶対に勝つのです」

と、こういう話でした。私たち少国民は、この話の奥に潜む日本のアジア侵略の意図など分かるはずもなく、額面通りに信じていた。そして、「欲しがりません勝つまでは」と言って諸物資の欠乏にも耐え、一生懸命にこの戦争に協力していたのであった。この家族的国家主義が唯一最高のものと信じていたのである。

ところが、教師の話とは反対に、日本の方が戦争に負けてしまった。皆が自由で勝手気ままに暮らしていてまとまりのない国であったはずの米英に、完膚なきまでに叩きのめされてしまったのである。そして、その米英によって民主主義なるものが持ち込まれてみると、これまで最高のものだと信じていた日本の制度が、いかに時代遅れのものであったかも次第にはっきりとしてきたのである。

その後、主にアメリカの指導で新しい憲法が制定され、天皇は象徴的存在となり、国民の一人一人が初めて誰に妨げられることもなく、それぞれの幸福を追求することができ、基本的人権が保障される民主国家となったのであった。その時、これまで日本人を雁字搦めに呪縛していた「教育勅語」も、当然のことながらぼろ布のように捨て去られた。このことは日本に民主主義を定着させる過程で、当然なされなければならないことであり、まさに正しいことであった。

ところで、民主主義の導入に当たって、私たちはどのようなことをしてきたか。できるだけ早く民主主義の体裁を整えるために、個人の権利についての導入には非常に熱心であったが、権利と表裏一体をなす義務の勉強にはいささか不熱心であったと言わざるを得ない。義務とは、人が人としてしなければならないこと、してはならないこと全てを含む言葉である。個人の権利を制限する法律的なものばかりではなく、もっと広く道徳や倫理的なものまで含むものである。公共のものを大切にすることや、他人の立場を思いやる心なども内蔵していると考える。しかしこれまで、そのようなことまで考慮されことは殆どなかった。

このような片手落ちの状態のまま五〇年の年月が過ぎてしまった。子供時代に義務の大切さを教えられてこなかった親が、その子供に義務の大切さを教えることなどできるはずもない。この大切なことを疎かにしてきた結果、子供が泥靴でベンチを汚したり、電車の座席に靴を履いたまま上がっているのを他人に注意され、いらぬお世話でそれは私の勝手でしょうとは言えても、自分の子供にそんなことをしてはいけませんよと注意することなど、まるでできないような大人が多くなってしまった。

人が人として守らなければならない義務における道徳や倫理的な側面は「躾」と言うべきものであろう。躾とは日本人が作った漢字で、「子供の身に美しい飾りをつける」という意味である。その美しい飾りとは、子供が一人の人間として生きる時、周りの人たちから尊敬され、信頼されるような立派な人物になるための道徳であり、倫理なのである。「教育勅語」を捨て去った大人たちは、それに代えて子供の身に着けるべき美しい飾りを、何も持ち合わせてはいなかったのである。そして、それ故に殆ど子供に対して躾らしい躾がなされないまま今日に至ったのであった。

それだけではない。戦後においては日本全体が子供たちに躾という美しい飾りを付けることなど、殆ど要求したことはなかった。受験戦争がどんなに厳しくなっても、その合否を決めるのは主要教科の成績だけであり、それらの優秀な成績だけで有名高校へも、有名大学へも合格できた。それは大会社の入社試験や、公務員試験に至るまで同様に言えることだったのではないだろうか。そのような教育や社会の在り方が、個人の価値や権利だけは他人を押しのけても貫こうとするけれども、義務に関しては殆ど関心のない、悪い意味での個人主義だけがはびこる国になってしまった。その結果、人は他人を蹴落としても自分の利益を追うことに夢中になるようになり、そのような個人主義的な人々が集まって作った会社法人もまた、その利益を追い、守ることのみに奔走するようになる。

そして、そのような会社個人主義の行き着いたところに、近頃の証券会社の不祥事に見るような、一般の大衆投資家を無視し、法律に反してまでも自社の利益を追求しようとする、エゴむき出しの事件を引き起こしてしまうような土壌を作ってしまったのである。外国に進出した企業が、その国のためになるような奉仕活動など全くしないで、会社の利益を追うことのみに汲々としていることを非難され、慌ててその方面に予算を付けているのを見ても、心からやっているのではなく、付け焼刃のように見えて仕方がない。

日本国という我が国自身もまた、自分一国の利益を追うことのみに夢中になり過ぎて、空前の利益を上げ続け、他国の利益を考慮することなど殆どしなかったために、諸外国の非難をもろに受けねばならなくなってしまった。「我が国は一国経済主義はとっていません」と繰り返していること自体が、国家個人主義を取り続けたことの裏返しではないのか。

このような倫理の欠如に気づいた文部省は、もう二〇年以上も前に、初等、中等教育に対して道徳・倫理の特設時間を導入したのであった。しかし、これは所詮週一時間程度の授業で、子供の身につくようなものではない。それは幼児の時から両親が、幼稚園の先生が、小学校や中学校の教師が、子供の一つ一つの行為や行動の中から、その都度指摘していくことで、子供の身に直接作り付ける、つまり体で覚えさせる以外に、その方法はないのである。それこそが躾というものであろう。

それでは、お前は自分が言うだけのことを今までやってきたか、と言われると、本当に恥ずかしいことながら、自分の子供にも、教えた生徒にも、充分にやってきたとは言えないのである。本当は週一時間の道徳の授業さえもが重荷であった。失礼ながら、そのような倫理指導を受けたこともなかった親たちにおいてもまた、大同小異ではなかったかと思うのである。そのような長年の怠慢の付けとして、罪の意識の極めて薄い、わがまま勝手な生徒を大量に作ってしまったのであり、これが我が国の偽らざる現実なのである。この現実をこのまま放っておいてはいけないと痛切に感じているからこそ、自分の恥を忍んで今訴えたいのである。

それでは、この現実に対して私たちはどのように対処していったらよいのだろうか。このように価値観が多様化している現在、日本人全体が一様に納得できるような倫理規定を、どうやって作り上げていったらよいか。大変な作業のようにも思えるが、私自身はそんなに難しいことではないように思う。誰だって泥靴でベンチに上がることや、靴を履いたまま電車の座席に上がることを良いことだと思う者などいないだろう。衆知を集めれば、別に宗教などに囚われなくても倫理規範の最低線を決めるのは、そんなに難しいことではないように思う。要は私たち一人一人が、いかに子供の身に美しい飾りを作り付けていくかという、実行の問題だと思う。

自分がそのような躾をされたことのない親は、子供にどうやってつけたら良いかも分からないでいるのだと思う。したがって、最低限これだけは子供の身に美しい飾りとして、このような方法で付けていこうではないかという倫理規定と、それを実行するためのマニュアルのようなものを、早急に作る必要があるのではないだろうか。それは、文部省が上から押し付けるようなものではなく、親や幼稚園、小学校、中学校の先生たちが、一つの子供の行為に対しては、同じ価値基準で対処できるようなマニュアルでなくてはならないし、私たち全員が自分のこととして、取り組むべき草の根運動でなければならない。それは幼児期の教育において特に大切であろう。

そうしていけば、学校、会社、政治、どの分野においても義務を重んじる人が次第に増えていくだろう。それらが積み重なって初めて日本の社会も、日本という国も、世界の人々に尊敬されるようになるのではないだろうか。今こそ日本人一人一人が、真剣に取り組まねばならないことだろう。その時、日本は本当に一流国の仲間入りができたと言えるだろう。

愛猫ジジの一生

娘が迷い子猫を拾ってきた。平成五（一九九三）年初夏の頃だった。我が家は動物など飼ったことがなかったので、初めは少々抵抗があった。しかし、直ぐに我が家のアイドルになった。雌猫であった。子供を産んだ時の処置に困るので、可哀相だったが避妊手術をした。私は宮崎駿が大好きだったので、雄でもなく黒猫でもなかったが、『魔女の宅急便』に因んでジジという名前にした。

可愛い顔に似ず、少々気の強い猫で、直ぐに自分のテリトリーを確保したようだった。小さなネズミや小鳥などを捕まえては、わざわざ誇らしげに見せに来た。ネズミや小鳥は可哀相だったが、その手柄を褒めてやった。散々なぶって遊び、ネズミが死んでしまうと、そのままほったらかして、決して食べたりはしなかった。餌は市販のものを喜んで食べた。

ところが平成一〇（一九九八）年五月末、我が家が火災に遭って全焼してしまった。翌日になって、どこへ逃げていたのか焼け跡にジジは帰ってきた。私たちは一・五キロメートル程離れた所に仮住まいすることになり、ジジも連れて行った。しかし、そこはジジの縄張りではなく、随分住みにくかったようで、突然居なくなってしまった。

娘は仮住まいから自転車で焼け跡まで行き、そこに自転車を置いてＪＲで通勤していたが、ジジがいなくなって数日後の朝、自転車を置きに行った焼け跡に、突然ジジが現れて鳴きながら近づいてきたと言う。電話があったので、私も駆け付けて直ぐに餌を与えた。お腹がすいていたのだろうが、皿一杯のキャットフードを貪り食った。仮住まいから自分のテリトリーである焼け跡まで、必死で捜し歩いて帰って来たのだろう。猫には素晴らしい帰巣本能があるようである。

以後、私は朝夕餌やりに焼け跡へ通った。私が呼ぶと、鳴きながらどこからともなく現れた。餌を食べ終わると、どこへともなく立ち去っていく。ついにねぐらまでは分からなかった。

季節が秋から冬へ近づいた頃のことである。おしっこが出にくくなり、苦しそうにしたので、病院へ連れて行った。腎臓が悪くなっていた。注射をしてもらい、飲み薬を貰ってきた。医者に寒さが一番の敵だと言われたので、仕方なくまた仮住まいに連れ帰ってきた。今度は逃げ出さなかった。間もなく病気は治った。

この年の暮、新築の家が出来上がったので引っ越した。新しい家をくまなく探検し、直ぐに落ち着いた。娘が嫁いだ後は、私の部屋に猫ベッド、猫トイレ、餌場も移した。寒い夜など、私の布団に上がってきた。たまには布団の中に潜り込むこともあった。本当に可愛かった。焼け跡に帰り着くまでの数日間の野良生活中によほどひもじい思いをしたのか、完全に野生を取り戻していた。捕まえてきたネズミや小鳥を綺麗に食べるようになっていたのである。胆嚢《たんのう》だけは食べずに残した。こうしてジジにも平穏な日々が続いた。

平成二三（二〇一一）年、ジジは一九歳になっていた。ある日、餌をポロポロとこぼしているので、私は餌をつまんで口の中に押し込んでやった。あっと驚いた。前歯が全く無くなっているのである。すっかり老猫になってしまっていることを、私はうかつにも気が付かずに硬い粒状の餌をやり続けていたのであった。急いでソフト餌を買ってきて与えたが、あんなに好きだったソフト餌を全く食べない。その日以来、一切の餌を口にせず、水だけで過ごすようになったのである。

一週間もするとすっかり痩せてしまった。水を飲みに行く時と、トイレに行く時以外、ベッドにうつぶせになって目を閉じている。私がそっと撫でてやると薄目を開いて見上げ、尻尾を振るのである。何ともいじらしくて可哀相であった。

餌をとらなくなって二週間程過ぎた六月一八日の朝、猫ベッドにジジがいない。うろたえて辺りを捜すと、私のベッドの下で既に冷たくなっていた。私に最後の別れをしようと思ったのか、私のベッドの下まで来たが、すでにベッドに飛び上がるほどの力は残っていなかった。あるいは柔らかい布団の上で最後を迎えようとしたのか、私の布団にもぐって最期を迎えたかったのか。力尽きたジジは私のベッドの下で冷たくなっていた。

よく愛猫家が、私の膝の上で死にましたとか、私に抱かれて息を引き取りましたとか話すのを聞くが、私はそうしなかった。何と不人情な飼い主であったことか。今も悔やまれて悔やまれてならない。直ぐに娘に連絡した。二人の幼い孫を連れて飛んで来た。

お葬式を挙げてやることにした。蠟燭と線香を立て、まず私が「般若心経」をあげた。すると孫たちが今度は長々と私の知らないお経をあげ始めた。なんでもお祖母さんが毎朝仏壇にお経をあげるので、側に座って一緒にお経をあげているとのことであった。動物火葬場で荼毘に付し、骨は船小屋の鉄橋から矢部川の清流に投げ入れて水葬にした。

私の友人が猫を飼っていた。餌を与えるだけで放し飼いにしていた。ある時、餌を食べに帰らなくなったと言う。数日後、近所の小母さんが「あんたんとこの猫はウチの裏の藪の中で死んどったよ。そしたら近所の野良猫が数匹集まってきて、一生懸命手で穴を掘って死んだ猫を埋め、その上に土を被せて跡を平らにならしていったよ」と話されたと言う。友達の猫が死んだのを悲しんで、丁寧に弔ったのであろう。生んだばかりの我が子をポリ袋に入れ、ゴミ箱に捨ててしまうような人間すらいるのに、猫の方がよっぽど立派である。

娘の話である。ある時ツイッターを覗いていたら、こんな書き込みがあった。二匹の猫を子猫の時から飼っていた。二匹はとても仲が良かった。ところが、その内の一匹が突然死んだそうである。残った猫は何事もなかったように振る舞っていた。しかし、一週間程食べ物を口にしなくなったので、この子まで病気になったのかと病院へ連れて行った。医者の見立てては「ストレスによる食欲不振」ということだった。残った猫にとって、親友の死は私たち人間が窺い知ることのできないほどのショックだったのである。

ローランドゴリラのココは研究者ムーリンの「死んだらどこへ行くの」という問いに対して、手話で「苦労の無い穴にさようなら」と答えたと言う。ゴリラにそのような思考ができるのか。これには否定的な意見の学者も多く、事の真偽は私には分からない。しかし、どんな小さな虫も自己と他者を見分ける能力は持っているのだそうである。「一寸の虫にも五分の魂」という諺がある。私は「五分の虫にも一分の魂」があると信じたい。五分の虫が持っているDNAも私のDNAも、共に三八億年の歴史を背負っているという意味で全く平等である。全ての命に優劣はないのである。

ジジは自分の命運を悟って自ら食を断ち、毅然として死んでいった。どんな想いで最期を迎えたのであろうか。私にそんなことはできそうもない。

（平成三〇〔二〇一八〕年九月一八日）

第三部　講演・講話録

雑草にも名前がある

――これは、平成七（一九九五）年四月二七日から二九日にかけて三回にわたり、ＮＨＫラジオの『人生読本』という番組で、「雑草にも名前がある」という題で放送した分を筆録したものである。初めの二日間の話は、前出の「私の植物人生」とほぼ重なっている。――

【アナウンサーによる紹介】人生読本です。「雑草にも名前がある」。今日から三回にわたって、福岡植物研究会顧問の益村聖さんにお話をして頂きます。益村さんは元中学校の理科の先生です。植物の知識がない人でも、葉の形などを手掛かりにして、実物と見比べればその名前が分かるという図鑑を作りました。今日は一回目のお話です。

一回目（二七日）の話

私は一九五六年に大学を出まして、三五年間、中学校の理科の教員をしてまいりました。その間、趣味として植物採集をしてまいったものでございます。これまでに多くの方々に指導を受けてきましたが、その中に長田《おさだ》武正博士という元山梨県立女子短期大学の教授をなさっておられた方がございます。その方と十数年前にお話をした際、「益村君、君が頭の中になんぼ沢山の知識を詰め込んでいても、死んでしまったら灰になってしまうんだよ」と言われたんですね。しかし、私の頭の中の知識の殆どは、色々な植物図鑑や植物関係の本から仕入れたものばかりなので、その時は笑って聞き流していたんですけれども、よくよく考えてみますと、三五年間の植物の勉強の中には、私自身がなるほどと思うような植物の見方とか、調べ方なども含まれているんではないかなあ、と思ったんですね。

それで、初心者の方でも身の周りの植物を調べることができるような図鑑を作ってみようかなというふうに思ったのが最初でして、そのようなわけで、この度退職を機に植物図鑑を作ったわけです。『絵合わせ 九州の花図鑑』という本です。図鑑を作るにはかなりのエネルギーが要るものです。それで定年より早く、少し余力を残した五七歳で退職しまして、計画に入りました。

図鑑を作るにあたって、どのような内容にしようかと考えました。現在、日本には沢山の植物図鑑がありまして、その種類の豊富さから言いましても世界に冠たるものだと思いますが、植物図鑑の古典と言いますか、牧野富太郎博士が作られた『日本植物図鑑』の、あの線描の植物図は素晴らしく、この頃出回っている植物図鑑にはあのようなものはありません。現在出版されている図鑑の殆どは写真図鑑です。写真の図鑑は色は非常に綺麗ですが、小さな部分まではなかなか表わせていないので、私は牧野図鑑にならって線画に拘ったものを作ることにしました。

しかし、私は絵は全くの素人でしたので、絵描きさんのように立体的な表現もなかなかできませんし、試行錯誤しながら線画を描いていきました。芸術的な、美的な感覚もなかったものですから、なかなかうまくは描けなかったんですが、二九一枚の図版を描いていくうちに、少しは上手に描けるようになったかなあ、と思うようになりました。最初の方に描いた図はあまり気に入らないのですけれども、それを描き直すだけのエネルギーはもうありませんのでそのままにして、一五〇〇種類程の植物図を載せた図鑑を完成させることができました。

写真であれば、花の咲いている所に行ってパチッと撮ってくればいいのですけれど、そういうわけにはいきませんので、今頃あの山に行けばあの植物の花が咲いているな、あそこの海岸に行けばあの花が咲いているなと見当をつけ、車を飛ばしてはそれを採ってきて図にしていくわけです。

二九一枚の中には、カラー図が三二枚あります。図を描くためには何日もかかるわけですね。そうしますと、蕾だったものが開いてしまったり、花が散ってしまったりするものですから、蕾のものや開いているものなど数株採ってきて、一番良い状態のところを写すわけですね。そういう点が一番苦心したところでした。

また、高い山にしか見られないものや、めったに花に出会えない樹木などはこれまで集めてきた標本などから描くわけですが、押し葉は平べったくなっていますので、それから立体的に描くのは大変でした。平べったくなった花は、熱いお湯の中に数時間漬けておきますと、ふやけてある程度は元の形に戻ってくるものなんですね。それを見ながら描いていきました。

図を描き上げるだけで三年程かかってしまいました。最初は、還暦までには何とか出版したいと考えていたのですが、間に合いませんで、一年程長くかかってしまい、やっと今年の一月に出版に漕ぎ着け、書店に並ぶことになりました。

二回目（二八日）の話

私がそもそもどうして植物に興味を抱いたかということなんですけど、小学校の一年か二年の頃だったと思うんですが、親父が道端の草を引っこ抜いて、その小さな葉を両手でつまんで引っ張りますと、それが見事にV字形に切れるんですね。私がやっても同じようにV字形に切れるんです。面白い草だなと思ったんですが、親父がその草の名を知るはずもございませんし、その時はそのままになっていたんですね。

あれは中学二年の時だったと思いますが、夏休みに自由研究の宿題が出たんですね。昆虫採集でも植物採集でも何でもよいということだったんですね。私は良い研究も思いつかないまま、近くにある草を一〇種類程採ってきて、名前も分からないまま押し葉にして提出していたんですね。そうしたら、理科の先生がその押し葉に全部名前を付けて返してくださったんです。こんな野原の雑草にも名前があるんだなあ、とその時初めて知り、非常に感動しました。

その中に、葉がV字形に切れる草が偶然入っていたんです。その草にヤハズソウ（矢筈草）という名前が付けてあったんですね。ご存じのように矢筈というのは矢の先端の、弓の弦に番えるためにV字形に切れ込みを入れてある所ですね。その形は、ヤハズソウの葉がV字形に切れている所とそっくりなんですね。この植物には何と素晴らしい名前が付いているんだろう、と非常に感心したのですね。

私の家には植物図鑑もありませんし、植物に対する興味も特別深かったわけでもありませんでしたので、そのまま過ぎていったんですけれども、一九五二年に私は福岡学芸大学（現福岡教育大学）に入学しました。その大学一年生の時、夏休みの宿題で植物標本を二〇〇種類作ってこいと言われたんですね。「名前はどうして調べますか」と聞きますと、牧野富太郎という人が書いた『牧野日本植物図鑑』というのがある、それで調べろ、とおっしゃるんですね。

私の家は貧乏でしたから、新品の本を買うお金もありません。それで、古本屋へ行きまして、昭和二三年に出た分で、新聞紙よりも質の落ちるようなざら紙に印刷されたものを買ってまいりました。「どうして調べますか」と尋ねると、調べる方法などない、最初からページをめくれ、と言われたんですね。

これまで植物分類学という学問を勉強したわけでもありませんし、結局、その図鑑を最初からめくっていきました。一つの植物の名前を調べるのに二回も三回もそのページをめくったものですから、二〇〇点近い標本の名前を調べるには、一〇〇〇回以上図鑑のページをめくったことになります。その内に、ああ、この植物は何の仲間だなあ、あの付近に載っているなと、ある程度見当がつくようになってきたんですね。

全くの植物のアマチュアでありながら、一〇〇〇回以上もめくるうちに大体、植物グループの見当がつくようになる、牧野図鑑のページをめくることによって覚えさせられたようなわけです。

それでも、牧野図鑑に採集した植物が全部載っているわけでもありませんし、結局名前の分からない植物も大分ありました。しかし、この経験が私の植物の勉強に役に立ったことだけは事実です。何も植物を知らない時に、二〇〇〇種類も集めるというのは大変なことでしたね。

萩という植物がございます。福岡県のこの付近にはマルバハギ、ヤマハギ、ツクシハギ、ニシキハギ、ミヤギノハギなど五種類程あるんですけれども、植物をあまり知らない時には、皆同じように見えてしまうものなんです。植物を知らないということは、植物が見えないということになるんですね。二〇〇〇種類程の植物を知ってきますと、植物の見方というものがある程度分かってくるようになりました。

それで、植物図鑑を作るにあたっては、初心者でも容易に調べることができるようなものにしたいと考えたわけですね。現在市販されている植物図鑑は、草と木を合わせて大体五冊ぐらいに分かれているものが多いんです。植物が全く分からない人にとっては、今手にしている植物の名前を調べたいと思っても、いったいどの巻に載っているかも分からない、どこをどう調べたらよいかも分からない、それだけでお手上げなんですね。

そんなところから、どうしても牧野図鑑のように一冊に纏めた本にしたい、そして、どんな初心者でもこの植物がどの付近に載っているか、見当が付けられるように並べてみたい——そういうわけで、植物の分類学は壊してしまって、完全に編集し直した図鑑にすることを思いつきまして、『絵合わせ　九州の花図鑑』という全くの初心者向きの植物図鑑が出来上がったわけです。

木であるとか草であるとか、つるになるとかならないとか、葉っぱの縁にギザギザがあるとかないとか、どんな初心者でも、植物の知識のない人でも、ある程度見当が付けられるような特徴を元に、一二のグループに分けました。そして、この植物だったら何番のグループに載っているなと分かるような検索表を作りまして、植物名に辿りつけるようにしました。

人から教わった名前は直ぐに忘れてしまうものですが、自分で苦心して調べた名前は忘れないものなんですね。こうして知っている植物の名前がだんだん増えてきますと、植物への興味も増し、植物への親しみも深くなってくるものだろうと思っています。

三回目（二九日）の話

昨日も少し話したことなんですけれども、葉っぱをちょっと千切ると綺麗にV字形に切れる、その草にヤハズソウという素晴らしい名前が付いていることを知りますと、とても親しみが湧いてくるものなのですね。道端に普通にある草なんですけれども、あっ！　ヤハズソウだなと思ったら、踏みつけるのが気の毒な、そんな親しみを覚えるんですね。また、その草に「矢筈草　ここの野べにもあるを知り　ふかき草叢　子と踏みゆけば」というような素晴らしい短歌があることを知ったりしますと、なおさらいとおしく思えてくるんですね。

植物の名前をどんどん覚えていくうちに、あっ、これはなんだな、あれはなんだな、と眺めながら、咲いてくれているな、今年もあそこに行ったらあの花が咲いてるだろうなと思いますと、とても植物に親しみが湧いてきまして、踏んづけられていたり、その野っ原が整地されて家が建ったり工場が建っていたりするのは、とても残念で堪らなくなってくるんですね。私は、自然保護の原点はそういうところにあるのではないかと思うんですね。

現在、沢山の生物がこの地球上からまさに消え去ろうとしております。そこで、環境庁（現環境省）が中心になって絶滅危惧植物の調査も行われておりますけれども、これまでもこの地球上から、この日本から滅んでいった動物や植物が沢山あるんですね。それは人間の生活がどんどん発展していくためには仕方がない犠牲ではないか、と考える人がいるかも知れません。人間の生活が豊かになっていくためには、自然を犠牲にしても止むを得ないのではないか——。そのような視点から見れば、一つや二つの生物が滅んでいくのは痛くも痒くもないことかも知れませんが、問題は、人間とは他の生物を滅ぼしても許されるほどの、そんなに偉い動物なのかということです。

私たちは豊かな生活をするためには、沢山の食べ物を作らなければいけませんし、家も建てねばなりません。そのためには雑木林を伐り倒して、スギやヒノキを植えることもある程度は必要でしょうし、草っ原を開墾して畑や田圃を作ることも必要なことかも知れませんけれども、そういうことを続けてきたために、地球の自然が大変破壊されて、この地球上から消え去っていく動物や植物が年々枚挙にいとまがないくらいに増えつつあるんですね。

遺伝子を持った生き物がこの世に現れて三十数億年、その間に生物はどんどん進化しながら幾百万種類という動物や植物が生まれてきたわけですね。このような幾百万種類の生物が持っている無数の遺伝子をはじめ、それぞれの生物は素晴らしい仕組みを持っているのですけれども、そういうものを私たちはまだ殆ど解明していないわけですね。私たちはまだ解明されていない沢山の宝の山を滅ぼして、現在の人間生活だけを豊かにしようとしているのです。しかし、それは取り返しのつかないような損をしているのではないかと思うんです。これらの生物の持っている、まだ解明されていない無数の素晴らしい仕組みに目を向けて、滅びつつある生き物をもっともっと大切にしていかなければいけないのではないでしょうか。自然保護はそういう意味からも大切なことではないかと思うのです。

福岡県では、三年程前でしたか、全国植樹祭というのがございました。朝倉郡夜須《やす》町（現筑前町）という所の雑木山や草地を整地しまして、新たに広い土地を造り、両陛下をお招きして、沢山の木を植えて緑を育てようという行事をやったんですけれども、元々そこには沢山の木や草が生えておりました。そしてそれらの木や草を餌としている沢山の虫や小鳥などの動物が棲んでいたんですね。そういう所を伐り払って整地をしてしまったということは、元々あった沢山の植物や動物をそこから追っぱらってしまったということなんです。そこに幾種類かの木を植えて、さあ、緑を育てましょうと言っても、それでは本当の自然保護にはつながらないのではないかと思うんですね。

私は、自然保護ということも、これまで人間中心に考えられてきたのではないかと思うんです。このような考えは西洋的な発想ではないでしょうか。ギリシャ神話を読んでも、「旧約聖書」を読んでも、神様が一番最後に自分の姿に似せて人間をお作りになったと書いてある。そういう意味からすると、人間は神に最も近い、高等な生き物だ。そのような高等な生き物であれば、他の生物を支配したり殺したりしてもいいではないか――。そのような発想しか生まれてこないと思うんですね。

しかし、私はそういうものではないと思うんです。人間も他の生物も、共に三十数億年という進化の果てにいるわけですから、そういう意味からすると、人間もその他の全生物も同じレベルにあるものではないか、どの生物が偉い、偉くないというようなものではない、と思うんですね。この地球上にそのような、同じレベルの生き物が沢山住んでいるのであるならば、命に優劣はなく、どんな生物も等しく大切にされなければいけないのではないか、そうすることによって、この地球は本当に豊かになっていくのではないかなと思うんです。

人間がこれ以上自分の種族だけを増やすために緑を破壊し、公害をまき散らし、人口をどんどん増やし続けるようなことがあったら、おそらく癌細胞が増殖しながら、ついには人間を殺してしまうように、人間自身がこの地球を滅ぼしてしまう、そのような時代が来るのではないか。そう思うんですね。

ただ人間が癌細胞と違うところは、人間は自分で自らをコントロールすることができるということではないかと思うんです。そういう意味で、自然との折り合いをどこで付けるかということを、これからもっと真剣に考えていくことが絶対に必要ではないでしょうか。

今日は幸い祝日の「緑の日」でありますが、この緑の日につくづくそのようなことを考える次第です。

【アナウンサー】「雑草にも名前がある」最終回、福岡植物研究会顧問の益村聖さんにお話しいただきました。一昨日から三回にわたって放送した益村聖さんのお話は今日でおしまいです。

虫と遊び、土に親しむ子供を育てましょう

――平成七（一九九五）年一〇月、志免町立保育園の保母さんたちの研修会での講話。

益村でございます。よろしくお願いします。

突然ですが、皆様の中でアマガエルを触ることのできる人は手を挙げていただけませんか［一五人］。では、ミミズを触れる人は手を挙げてください［八人］。では、バッタを捕まえることができる人は手を挙げてください［一〇人］。では、アオムシやイモムシを触れる人はどれくらいいますか［一一人］。トカゲやヤモリを触れる人は手を挙げてください［〇人］。

突然変なことをお尋ねしまして、大変失礼しました。三〇名程お出でですので、かなりの方は、虫や小動物はあまりお好きではなさそうなことが分かりました。現代の若い女性は、大抵は皆さんと同じ程度だと思います。しかし、それでは困ったことになる場合もあるんですね。

実は私の教え子で、私と同じように、中学校の理科の先生になった子がいるんですね。彼は農家の長男ですが、規模があまり大きくない農家なので、教員と兼業するつもりでいました。三〇歳を

過ぎて、やっと伴侶が見つかり結婚しました。可愛いお嫁さんでしたが、農業の経験は全くなく、サラリーマンの家庭に育った方でした。それで、農家に嫁いで農業をすることになったんですが、虫や小動物を見ただけで拒否反応をおこし、体がすくんでしまうほどだったんですね。しかも、少々の経験では慣れることができないほど深刻だったようです。結局、彼女はどうしても農作業になじめず、彼はとうとう家を継ぐことを諦め、家を弟に譲って独立することになりました。現在は子供にも恵まれ、幸せな家庭を作っています。

私の同僚で、若くて逞しい男の先生がいますが、ある時、職員室近くの松の木に大きな毛虫を見つけ、顔色を変えて騒いでいるんです。長さが六センチ程はあろうかという松毛虫でした。この毛虫は毒針を持っているので、手で触るのはまずいから、近くにあった棒で叩き落とし、踏んづけてつぶしました。そしたら、どうしてそのようなことができるのかと、驚いてしまった様子でした。それで、「君のお母さんも毛虫が嫌いだったでしょう」と尋ねると、「毛虫を見ると、金切声をあげて騒いでました」という返事でした。

子供の時に刷り込まれた恐怖心というものは、大きくなっても簡単に消えるものではなく、また、たやすく治せるものでもないんですね。おそらく、教え子の奥さんもそのような状態ではなかったのかと思っております。しかし、私と同世代の女性は、今の若い世代の人のようには虫を怖がらないんですね。

では、いつの頃から現在のような状態になったのかということなんですが、私は、実は私たちの生活の中から蚊帳《かや》が消えてしまった頃からではないのかなあと思っているんですね。蚊帳というのは、皆さんは見たことがないかと思います。薄い麻や木綿の布で、部屋に合わせた四角い袋状に作られていて、天井から吊るし、寝床を覆うものです。これで蚊の襲撃を防ぐことができます。

蚊帳だけを取り上げても事情がよく分からないと思いますので、私の子供時代の生活を少し振り返ってみたいと思います。現在のように、冷房装置も、網戸も、殺虫剤もありませんでした。それで、蒸し暑い夏の夜は縁側や庭に縁台を持ち出して、夕涼みをしながら、外気温がある程度下がるまで過ごしてから、蚊帳の中の寝床に就いたものです。勿論、雨戸などは殆ど開けっ放しでした。家の中がそのまま自然へ連続していたんですね。

縁側にはカエルも顔を出しましたし、それを追っかけて蛇も出てきました。大きな蛾なども飛び回っていました。よく、カブトムシなども飛んできて蚊帳に止まり、捕まえて遊んだものです。蛍も飛んできました。蚊帳の中に入れて楽しみました。これら虫たちを、いちいち怖がっていたんでは、とても生きてはいけなかったんですよ。

しかし、生活の現代化によって、冷房機が普及し、夏の夜の蒸し暑さから解放されました。殺虫剤や防虫剤の進歩によって蚊帳からも解放されました。こうして私たちは素敵な文明生活を謳歌できるようになったのですが、このことはとりもなおさず、私たちの生活と自然との間に大きな壁を作ることにもなったんですね。ここに人間社会と自然との間の断絶が始まったと言えるのではないかと思っています。断絶だけならまだしも、カエルや毛虫や蛇の棲む自然を、人間社会とは異質の、対立する存在として意識するようになっていったのではないか、と考えているんですね。

毛虫や蛇を嫌悪する傾向はこのあたりから始まったのではないか、と私は思っています。毛虫や蛇と身近に接しながら生活している間は、彼らとの上手な付き合い方が伝承されていたのですが、断絶が始まって以来、その伝承もなくなってしまいました。このあたりから毛虫や蛇などの生き物に対する必要以上の恐怖心が醸成されるようになったのではないか、と考えているのです。

私の子供時代は、多くの家庭ではラジオもなく、ましてゲーム機などという室内で遊ぶ遊具など全くなく、屋外で遊ぶしかなかった時代です。子供の数も多く、学年を越えて大勢で遊びました。遊び場は、草野球ができるようなお宮の境内とか近くの藪や小川でした。上級生のガキ大将に連れられて遊び回ったものです。

上級生は経験が豊かです。色んなことを教わりました。トンボ採りに行きます。池の縁にはマムシが多いものです。常に、足場の安全を注意されました。蛍狩りに行く時など、瞬《また》かない光には用心しろ、マムシだぞ、と注意されました。カブトムシを採りに行きます。クヌギの木の樹液の出る所にカブトムシはやって来ます。しかし、そこには往々にしてスズメバチも樹液を飲みに来ているものです。気付かずに捕虫網を向けると、蜂は怒って、竿を伝って一気に手元をめがけて襲いかかってきます。そんな時には、捕虫網を投げ捨てて一目散に逃げるのです。そんなに遠くまで追ってはきません。

藪の中を歩いていると、時々スズメバチが頭の上に飛んできます。頭の上をぐるぐる舞う時は警戒しているのです。ガキ大将の号令一下、伏せてうずくまるのです。危険ではないと思った蜂は、そのまま飛び去ります。しばらく歩いてまた蜂がやって来るようだったら、必ず近くに蜂の巣があるのです。そのような時は、その場から離れた方が賢明です。

ツバキやバラ科の木、カキノキ、柳などには、よくイラガの幼虫がいるものです。これに刺されると痛いので用心しなければいけません。しかし、イラガの幼虫は見るからに毒々しい刺を持っているので、一度覚えてしまえば大丈夫です。茶畑のお茶はよく消毒されているので、あまり危険ではないのですが、野生化した藪の中のチャノキには、よくチャドクガの毛虫がいます。この毒もきついです。藪の中や草地にはイラクサ、ホソバイラクサが生えています。この刺に刺されると、蜂に刺されたように痛みます。

これらは先輩に教わったり、自ら経験したりして、自然の中での付き合い方のルールとして覚えていくのです。しかし、危険はそんなに沢山あるものでもありません。桜の木につく毛虫は、オビカレハという蛾の幼虫ですが、全く毒など持たず、手で触っても平気です。毛虫がみんな毒を持っているわけではないのです。むしろ毒を持った毛虫の方が少ないのです。その何種類かを覚えておけば大丈夫なんです。また、命に関わるような危険は、マムシとスズメバチ以外は殆ど考えられません。

これらのことは先輩から後輩へ、野遊びの中で伝承され、また経験してきたものですが、生活の現代化と同時に、野遊びがなくなり、伝承が断絶してしまったところに、今日の悲劇があるような気がしてなりません。

山口県植物同好会と福岡植物研究会が合同で、八女市の熊渡山《くまどやま》に植物採集に出かけたことがありました。道路脇の石積みの中にクロスズメバチの巣があったのを気が付かずに、一人が踏みつけ、巣を壊してしまったんですね。数十匹の蜂が怒って、一斉に飛び出してきました。私はこれはやばいと思って、一目散に坂道を駆け下りました。追いかけてきた数匹の蜂は諦めて飛び去り、私は刺されずに済みました。多くの人は手で払いのけながら逃げましたが、刺されてしまいました。一人の山口の高校の先生は、その場にかがみ込んでしまいました。その先生をめがけて、数十匹の蜂が一斉に襲いかかったんです。沢山の蜂に刺されてしまったんですね。

私たちはすぐに車の所まで下りて、近くの病院へ行きました。注射を打ってもらって落ち着いたんですけど、数十匹の蜂に刺された先生は、それでもだめで、次第に顔色が変わり、全身に痙攣が始まりました。それで、直ぐに救急車を呼んでもらい、八女市の総合病院に送り、点滴を打ってもらって、やっと一命を取り留めることができました。

その先生が言われるには「スズメバチが襲ってきたら伏せるように聞いていたものだから、蹲《うずくま》ったんですけど」ということでした。伏せるのは、警戒の飛行をしている時の行動なんです。襲ってきた時は三十六計逃げるほか手はないんです。子供の頃の経験が私を助けてくれました。

よく秋の遠足などで、スズメバチに刺された被害の記事が新聞に載りますが、これも対応を間違ったためである場合が多いようです。蜂はいきなり襲ってくることは稀です。多くは、警戒の飛行をしているんです。だから、まずは背を低くして動かないようにしなければいけません。その時、手で払ったりすると、蜂は自分が攻撃されたと感じて、攻撃態勢に入るのです。警報フェロモンを出して仲間を呼びます。それで大きな被害になってしまうんです。蜂の習性をよく知っていれば、恐れることはないのです。

私は筑後市に住んでいます。隣の八女市と合わせたこの付近一帯は、以前は一大木蠟《もくろう》の産地で、かつては「ハゼの国」と呼ばれたものです。近年石油から採れる、格段に値段の安いパラフィン蠟の普及によって、蠟産業は壊滅し、ハゼ畑は無くなってしまいました。

ハゼの木にはウルシオールという成分が含まれていて、この樹液が皮膚につくとかぶれるんですね。若葉の頃、雨が降っている時など、木の下を通るだけでやられます。私もかぶれたことがありましたが、その時、母は天婦羅の残り油を塗ってくれました。かぶれても、命に関わるようなことはないんですね。一週間もすると、かぶれた皮膚がはがれて、治ってくるものです。先輩などは、若枝の樹液を手の甲に塗って、自分の名前のイニシャルを書き、そこだけ赤くかぶれたのを自慢していたものです。

植物観察会などの折、私がハゼの葉をもいで、葉の裏を触りながら、ここがすべすべしていたらハゼノキ、ふわふわして毛が生えていたらヤマハゼです、などと説明していると、皆さんが「ハゼ負けしますよ」と言って注意してくれますが、夏を過ぎた頃からは、かぶれるようなことはないんですね。

ハゼノキは非常に強靱で、落葉してしまった冬など、ハゼ畑でよく遊んだものです。高い枝先まで登っていくと、枝は大きく撓《たわ》み、隣の木の枝に移ることができます。こうして木から木へ渡りながら、ターザンごっこをして遊んだもので、ハゼ畑は遊び場の一つだったんですね。

八女市の西のはずれに岡山公園という、小高い丘の公園があり、小学校の時の遠足の場所でした。この東斜面は雑木林でしたが、ここが伐採され、その後をどうするかということになりました。かつてこの付近一帯は「ハゼの国」といわれるほどハゼ林が広がっていた地域であり、それを記念するため、ハゼノキを植えて、ハゼの林を作ろうということになり、ハゼの苗木が植えられました。

ところが、この近くの若いお母さんたちから猛烈な反対運動がおきました。「子供たちが遊びに行って、ハゼ負けでもしたらどうしてくれますか。ハゼを植えるなど、もってのほかです」ということでした。八女市は止むを得ず、植えたばかりのハゼを抜き、桜に植え替えました。

今ではそれなりにきれいな桜園となりましたが、「ハゼの国」の象徴の復活はなりませんでした。

私の町に窓ケ原墓地という、日本三大墓園の一つといわれるほどの大きな墓地がありました。この墓地の西側には、樹齢数百年は経つカシやシイの大木が生えている雑木林があり、かつての筑後平野にはこのような森が広がっていたであろうことを想像させる、素晴らしい林でした。冬になると、よくメジロ捕りなどに行ったもので、子供のよい遊び場でした。

市はこの墓地を整理して、運動公園にすることにしました。そして、この雑木林も伐採されることになりました。そこで私は、これは筑後平野の低地に残った最後の素晴らしい自然林なので、何とか残してくれるよう陳情しました。ところが市は、この付近一帯の人たちから、ヤブ蚊や蛇が出て困る、子供が林の中に連れ込まれていたずらでもされたら大変なので、早く伐採してくれ、という要望も出ているので伐採します、ということで、私の願いは聞き入れられず、皆伐されてしまい、筑後平野の低地に残されていた最後の自然林が姿を消してしまいました。私は周囲にフェンスでも作っておけば大丈夫だったに違いない、と思ったことでした。

かつては、集落の氏神様には必ず、神様の憑代《よりしろ》となるような大木のある鎮守の森がありました。ところが戦後になって、神様の権威がなくなってしまったのか、この鎮守の森はいつの間にか、お年寄りのゲートボール場や、遊動円木などを備えた子供の遊び場に姿を変え、無くなってしまいました。

こうして私たちの生活は便利になり、文化生活を謳歌できるようになりましたが、それと並行するように私たちの周りから次々と自然林が姿を消していきました。同時に自然に親しむ心が次第に薄くなり、逆に自然を遠ざけるような、敵対するような気持が芽生えてきたような気がしています。自然の喪失に比例して、人間の心も殺伐とした、乾いたものになってきたように思うのは、私だけでしょうか。

私の小学校時代は太平洋戦争の真っ最中で、運動靴など手に入らず、体育の時間は全員裸足でした。校舎の隅には必ず足洗い場がありました。冬など、薄氷を割って足を洗うと、踵のあかぎれが沁みて痛かった。しかし、三月の柔らかな日差しに暖められた土を踏む時、足の裏でじかに春の訪れを感じることができました。土の有り難さを肌で感じることができたものです。暖かい土に育まれた、若草の匂いを寝転んで嗅いだ、子供の日の懐かしい思い出を忘れることはできません。

私たちも含めて、全ての生き物は土のお蔭で育てられているのです。植物は言うに及ばず、植物を食べる動物も、動物を食べる動物も、元をただせば土によって育てられているのです。もっともっと、私たちは土に感謝するべきではないでしょうか。

地面がコンクリートで固められ、道路は舗装されてしまい、直接地面に接することが少なくなってしまった頃から、私たちは次第に、土の有り難さを忘れていったような気がしています。それと並行して、心の潤いまでも失くしていったように思います。

私は宮崎駿が大好きです。彼の初期の作に『天空の城ラピュタ』というのがありますね。あの最後近くの場面で、悪漢ムスカに拳銃の銃口を突き付けられながら、シータが言います。「どんなに恐ろしい武器を持っても、沢山の可哀相なロボットを操っても、土を離れては生きられないのよ」。私はこの言葉が大好きです。

私たち人類は原子爆弾や水素爆弾を何千発も作り、この地球を何回も破壊することができてしまうほどになりました。沢山のロボットを操りながら、一日に何万台もの自動車を作ることができるようにもなりました。しかし、私たち人類も生物の一種である限り、土を離れて生きていくことはできないんですね。

どうか土に親しみ、この土から生まれた、自然の小さな虫や小動物を愛することのできるような、心豊かな子供をこれからも育ててほしい。心からそう願っています。

何だか最後は、水野晴郎さんのお説教のようになってしまいましたが、これで終わります。ご清聴ありがとうございました。

御側山国有林の伐採中止運動から学んだこと

これは平成二八（二〇一六）年一月二三日、みやま市の「まいピア高田」で行った講演と、平成二九年一二月八日、伝習館高校で行った講演などを纏めた分で、伝習館高校の木庭慎治先生に筆録していただいたものである。【】の部分は、私の説明不足を木庭先生によって補筆していただいたものである。また、この講演の前半は、前出の「私の森」の内容と完全に重なることをお断りしておく。

御側山国有林との出会い

益村でございます。今からお話ししますことは、五〇年程も前の、随分昔のことなのですが、状況は現在まで続いていることなので、しばらくの間我慢してお聞きいただきたいとお願い致します。

福岡県八女市の奥の方、大分県との県境に津江《つえ》山地という福岡県で一番高い山地がございます。その福岡県から大分県にまたがる、海抜七〇〇メートル以上の山域に広大な国有林が広がっています。福岡県側だけで三〇〇ヘクタールもあり、御側山《おそばさん》国有林といいます。この国有林は今から二五〇年程前に一度伐採されたことがあったらしいのですが、現在では素晴らしい自然林が復活していました。海抜八五〇メートルより低い所はアカガシなどを主とした暖帯上部林が、それより高い所はブナを中心とした温帯林が広がっていました。七〇〇メートル以下は民有林で、殆どが杉の植林です。この民有林の所までは車道ができていましたが、それから上の国有林は細い登山道しかありませんでした。

私は一九六三年頃からこの山域に植物採集に入りました。暖帯林から温帯林にまたがる広大な自然林には実に多様な植物が見られ、随分と勉強することができました。

一九七〇年に福岡県の教育委員会が科学教育研究奨励金という制度を作りまして、優秀な科学研究に対して奨励金を出そうということになり、それに応募したところ、幸い受理されましたので、ほぼ半年間毎週のようにこの山域に入り、植物採集、植生調査を行いました。これまで続けていた採集成果の分も加えて「釈迦岳・御前岳及びその付近一帯の植物」として纏めることができました。

国有林の伐採と保護運動

ところが、この調査を始める少し前から国有林の伐採が始まったんです。ブルドーザーなどの大型機械を駆使して、一〇〇〇メートル以上の高さまで車道が延長されました。そして、両側のブナの大木が次々と伐採されていきました。そのため、高木に着生するナカミシシラン、スギラン、オシャグジデンダなど、なかなか採集できないような珍品を伐木から採集することはできましたが、山は日に日に伐採されていきました。先週調査した所が、次の週には丸裸になっています。

このまま伐採が進めば、貴重な福岡県の宝が失われてしまいそうで、何とかこの伐採を中止させなければいけないと思いました。伐採しているのが林野庁であることは承知しているのですが、相手があまりにも大き過ぎます。一般に大衆運動を起こす場合には、賛同する人を集めて団体を作り、署名活動などで大衆の関心を集め、大衆の要望をバックにして、当局と交渉するのが常道でしょうが、それでは時間がかかり過ぎ、そのうちに国有林は丸裸になってしまうと思いました。

それで、手っ取り早い方法として嘆願書攻勢をかけることにしました。しかし、私が個人で嘆願書など提出しても、おそらく国は見向きもしないだろうと思いましたので、色々な団体を利用することにしました。私は「福岡植物友の会」という同好会の会員でしたので、会長の了解を得て、会の名で林野庁長官と九州の国有林を管轄している熊本営林局局長に「伐採を中止してください」という嘆願書を提出しました。それから、私は「筑後山の会」という山岳会に入っていましたので、そこを通して「筑後地区山岳連盟」の名で同じ所に嘆願書を出しました。

地元の人たちの協力も大切だと思いましたので、国有林を持つ矢部村の村長と教育長を訪ね、「御側山国有林は素晴らしい自然林で、将来矢部村の観光資源として大いに役立ち、村興しにもなるところだと思うので、伐採阻止にぜひご協力をお願いします」と力説し、何とか協力の約束を得ることができました。

それから、福岡市に「福岡の歴史と自然を守る会」という団体があり、私も会員になっていましたので、そこから当時できたばかりの環境庁の長官、林野庁長官、熊本営林局長官宛に嘆願書を出してもらいました。

しかし、私がお願いできる団体はそれくらいしかありませんでしたので、これで、嘆願書攻勢の種が尽きてしまいました。また、嘆願書なので返事が返ってくるわけもなく、相手がどのように考えているかも見当が付きません。少々焦りを感じていました。

ところが、そのような私の状況を察してくださった歴史と自然を守る会の事務局長がRKBテレビに渉りをつけてくださったんです。RKBから連絡がありましたので、前述の理由で御側山国有林の伐採中止運動をしていることを説明したところ、「私たちのテレビで取り上げましょう」ということになりました。午前中に放送されているご婦人向けの番組に、七分程の枠を持った「苦情相談」というコーナーがあり、そこで取り上げてくれることになりました。

一九七二年九月二一日、一〇時ぐらいからだったと思います。さすがテレビ局の力と思いましたが、その場に伐採を担当している日田営林署の所長と、アドバイザーとして九州大学の細川隆英という植物生態学がご専門の教授を呼んでくれていました。

番組はこの二人と私、司会者の四人の座談という形で生放送をしてくれました。そこで、私はこの森が福岡県にとっていかに貴重な宝の森であるかを力説し、何とか伐採を中止していただくようお願いしました。細川教授もかつてこの森を調査されたことがあったらしく、福岡県でも有数のブナ林が残っている所なので、できるなら保存しておいたがよいと、私を側面から援護してくださいました。

日田営林署長はその場で「御前岳から釈迦岳に連なる尾根筋の幅二〇メートル程のブナ林は伐採を止めておりますので、これは残します。それと、現在伐採中の御前岳西側の六ヘクタールを伐採計画から外して残しましょう」と約束してくれました。おそらく熊本営林局などと事前に相談はしていたとは思います。その時、各方面から伐採中止の嘆願書が出ていることを話しておりましたので、私の運動もまんざら無駄ではなかったことを感じました。しかし、その時に改めてテレビと言いますか、マスコミの力というものを認識いたしました。細い尾根筋と僅か六ヘクタールではありますが、貴重なブナ林を残すことができましたので、少々得意になりまして、「私の森」などと勝手に呼んで喜んでいました。

自然破壊をする側の理由

その頃、八女市の青年サークルから「自然保護について話をしてくれませんか」という依頼があり、私は喜んで引き受けました。そこで、御側山国有林の伐採を如何にして中止させたかを、少々自慢げに話したんですね。すると、サークルの会員の中に、八女市で製材業や材木商をされている方が数名おられたんですね。その方々から「私たちは国有林から伐採された木材を払下げてもらい、それを製材したりして販売することで生活をしています。実は国有林の木材は私たちの生活の糧なんです。私たちの生活権を奪ってまでして伐採を止める必要があるんですか」と、半分抗議にも似た質問があったんですね。

私はそのような質問が出るとは夢にも考えていませんでしたので、途端に返答に困り、「御側山国有林は福岡県側だけでも三〇〇ヘクタールにも及ぶ広大な森でございます。そのうちの僅か六ヘクタールを残してくれと言っているわけで、そのくらいは残していただいてもよいのではないでしょうか」と、的を外れたような返答しかできなくて、失笑を買ってしまいました。

その時私は、伐採している側には伐採する側としての、それなりの理由があるのだということを思い知らされました。それは林野庁においても同じことが言えまして、その当時、林野庁は一般会計からの予算ではなく、特別会計予算となっていたんです。林野庁は全国に広がる広大な国有林を管理運営する林野事業で収入を得、その収入をもって予算にしなさいという仕組みなんです。国有林の木を伐採して収入を得、伐採跡地にはスギやヒノキを植林して育て、それを伐採して収入を得る。これがうまく循環していけば恒久的に収入を得ることができて、林野庁はうまく運営することができるはずでした。

ところが、外国から非常に安価な建築材が輸入されるようになり、日本の建築材が売れなくなってしまったんですね。林野庁は豊富な国有林の木を伐採し、それを販売することでしか自分たちの予算を作り出せない状態に陥ってしまいました。こうして全国の国有林が伐採し尽くされてしまいました。

これはずっと後の話になりますが、林野庁は国有林を伐採し尽くし、とうとう収入源がなくなってしまい、ついに平成二五（二〇一三）年度から一般会計予算に移行しました。もし林野庁が初めから一般会計予算で運営されていたら、こんなに全国の国有林が荒廃してしまうこともなかったのではないでしょうか。これは国の政治の大きな間違いだったと私は思っています。

自然保護のための理論の構築

話を戻しますが、国有林は林野庁の私有物ではなく、国民全体の貴重な財産のはずです。林野庁の都合だけで国民の貴重な財産を食い潰すようなことはどうしても許せません。自然保護を訴える側としては、何とかして自然を保護するための理論の構築が必要だと痛感しました。

実は当時、自然林の破壊は日本だけの問題ではなく、世界的な規模で進行していたのです。特に熱帯雨林の破壊には深刻なものがありました。アフリカ大陸、東南アジア、南米大陸に広がる熱帯雨林を持つ国々は発展途上の国が多く、急いで先進国に追い付こうとします。しかし、工業力を発展させることはそんなに簡単にはできません。そこで国内に広がる熱帯雨林を伐採してその木材を売ることで収入を得、伐採した土地を農地にして、そこにコーヒー、パイナップル、バナナ、パームヤシ、トウモロコシなどの換金作物を作り、それを売った収入で経済を発展させようとしました。

そのような理由で、世界中の熱帯雨林が猛烈な勢いで伐採されていきました。森林が伐採されますと、そこに生育していた何百種類の植物が姿を消します。加えてその森に棲んでいた何百種類の動物がその住処を失います。次々と貴重な生物が滅んでいきました。この状態の深刻さを目の当たりにして、世界中の学者や知識人たちが立ち上がり、世界的な規模で自然保護の運動が始まったんです。その際主張された自然保護理論には、二つの大きな軸があったように思います。それは「生物種の多様性の保全」と「地球温暖化の防止」ということでした。

まず、「生物種の多様性の保全」についてお話をします。この地球上に初めて生命が誕生したのは三八億年前だといわれています。この気の遠くなるような時間の間に、地球は沢山の種類の生物を育み、生物は進化を続け、現在地球上には数千万種類の生物が繁栄しているわけです。その〝最終産物〟として私たち人類がいるわけです。

しかし、その最終産物である人間自身の手によって、沢山の生物があるいは絶滅し、あるいは絶滅に瀕しているわけです。一度絶滅した生物を再び人間の手で作り出すことは絶対に不可能です。この膨大な生物群の中から、これまで私たち人間は様々な物を発見し、素晴らしい科学を発展させてきました。しかし、私たち人類は三八億年もの時間をかけて地球が作り出した、この素晴らしい生物群が持っている膨大なシステムの、一〇分の一も解明してはいないといわれています。大村智博士は、ゴルフ場の土の中にいた微生物から発見されたイベルメクチンという薬によって、熱帯地方の風土病から何億人もの人たちを助けられ、二〇一五年のノーベル生理学・医学賞を頂かれたことはよくご存じのことだと思います。

このような宝が自然の中にはまだまだ山のように眠っているのです。この膨大な宝を解明しないまま、これらの生物たちを私たちの手で滅ぼしてしまったら、この素晴らしい宝の山を滅ぼしてしまったら、私たちは後の世代の人たちにどんなに恨まれるか知れません。私たち人類にはこの素晴らしい自然を、生物界を守り抜き、次の世代にバトンタッチする義務があると思うのです。

次に、「地球温暖化の防止」について考えてみたいと思います。火山活動や生物の呼吸によって、大量の二酸化炭素が大気中に放出されていますが、その内の約七〇％は海が、約三〇％は森林が吸収しており、大気中の二酸化炭素の量は一定に保たれてきたのだそうです。二酸化炭素には温室効果と言って地球の熱を宇宙空間に逃がすのを妨げる働きがあるそうで、大気中の二酸化炭素が増えると、温室効果が強まり、地球の平均気温が上昇してきます。

一八世紀の産業革命【産業革命は外燃機関、内燃機関の発明からヨーロッパで始まった。つまり、石炭、石油などの化石燃料を燃焼することで動力を得ることができるようになり、化石燃料の燃焼で二酸化炭素、硫黄酸化物、窒素酸化物が発生する】以後、急激な二酸化炭素の放出が始まりました。海や森林はその増え過ぎた二酸化炭素を吸収しきれなくなってしまって、大気中の二酸化炭素が増え続けており、既に平均気温が産業革命以前より一度程上昇しているそうです。この調子で二酸化炭素が増え続けると、今世紀末には更に二～三度の気温の上昇が予想されるそうです。

これは生物にとっては大変なことで、多くの生物の生存が危なくなるといわれています。これを如何に抑えるか、世界中の人々が現在知恵を絞っているわけです。これ以上森林の伐採が進めば、二酸化炭素の吸収が更に減少し、温暖化は増々進むことになるでしょう。そのためにも森林の伐採は何としてでも防がねばなりません。

私は、この他にもう一つ指摘しておきたいと思います。矢部川の源流域には三〇〇ヘクタールもの広大な国有林がありました。毎年、沢山の木の葉が落ちました。それはやがて腐葉土となります。腐葉土の上に降った雨はその養分を融かし、集まって矢部川の流れとなり、有明海に注ぎます。栄養豊かな有明海の水は海苔を育て、沢山の魚を育ててきました。この国有林が伐採されてしまいました。腐葉土は無くなり、矢部川の水の養分は少なくなり、有明海は貧しい海となっていきました。山と海とはこのように密接に繋がっているのです。そのような意味からも、自然林の伐採は慎重な上にも慎重にしなければならないと思っています。

福岡県立矢部川自然公園の見直し

ところで、御側山国有林一帯は一級河川矢部川の源流域であり、自然が非常に豊かな地域であるため、県立の自然公園となっています。一九八八年になって、県は改めてこの公園を見直すことにしました。私はその検討委員の一人に選ばれましたので、県の係を、保存できたブナ林に案内して、こんな素晴らしい森は県の宝であり永久に保存したいので、第一種特別地域に指定していただくよう強く要望しました。

自然公園には「自然公園施行規則」という法律があり、特別地域を指定することができるようになっています。特別地域には第一種から第三種まであります。第一種特別地域は現状をそのまま保存しなければいけません。木一本、石一個持ち出すことはできないという厳しいものです。第三種特別地域は農業や漁業とあまり競合しない程度の変更は許されます。第二種特別地域はその中間で、少しの程度の変更は許されるというものです。

県の係は熊本営林局へ相談に行ってくれましたが、営林局のガードは固く、第一種特別地域にはなりませんで、結局、第二種特別地域の指定に留まりました。しかし、これで県立自然公園第二種特別地域として、林野庁の都合で皆伐されることだけは何とか免れることができるようになったわけです。やっと安心することができました。

「私の森」の変容

ここまでの話だったら目出度し目出度しというところですが、実は話はここで終わらなかったのです。伐採後もこの森の観察を続けていたのですが、一〇年、二〇年と経つうちに、実は森の様子が少しずつ変化し始めたんです。というのも、御前岳―釈迦岳間の尾根筋の僅か幅二〇メートルの帯状に残ったブナ林、御前岳西側の僅か六ヘクタールのブナ林、この二カ所以外、周りは全て伐採し尽くされて丸裸になってしまっているわけですね。非常に風通しが良くなってしまいました。風通しが良くなると、当然のことながら地表面が乾燥してきます。深い森の中は普通は湿っぽくて、地表面には湿った場所を好む草本が一面に生えているのですが、地表面の乾燥によって、これらの下草が次々と消えていきました。ツルキンバイ、シュスラン、ユキザサ、ヒメエンゴサクなど綺麗な花が咲く草本類、水中花の葉として利用される珍しい苔のコウヤノマンネングサ等々が次々と消えてしまい、まず地面が寂しくなってしまいました。

やがて乾燥化の影響は樹木にも及んできました。この尾根筋にイチイが数本生えていたのですが、最初にこれが姿を消してしまいました。イチイは我が国の温帯林を代表する樹木の一つですが、乾燥に弱い木で、最初に枯れてしまいました。御前岳近くの斜面にゴヨウマツの大木が数本立っていたのですが、台風の襲来でいっぺんに倒れてしまいました。最終的に乾燥化と風の影響はブナに及んできました。ブナの大木に、コフキサルノコシカケ、ヒラタケ、ツキヨタケなどのキノコが生え始めたんですね。

ブナが弱ってきたなと思っていますと、案の定、台風の度に大木が次々と倒れ、若い木を僅かに残すだけになってしまいました。勿論、残った木もあります。下部の暖帯にもあるが、上部の温帯にも見られるような適応範囲の広い樹種は残りました。マルバアオダモ、アオダモなどのトネリコの仲間、イヌシデ、アカシデ、クマシデなどのカバノキ科の樹木、イタヤカエデ、コハウチワカエデなどのカエデ類などです。それからこれは温帯に多い木ですが、ミズナラは残っています。

しかし、私が本当に残したかったのは福岡県で貴重なブナの森だったんですよ。そのブナが消えてしまった森は、私にとっては全く価値がありません。本当にがっかりしています。学者の研究によると、森を保存するためには、少なくとも三〇ヘクタールは必要だそうです。たった六ヘクタールではあまりにも狭すぎたんですね。私の運動は完全に失敗に終わりました。

伐採後、五〇年近くが過ぎました。伐採後生えてきた木々がかなり大きくなり、御側山国有林も復活してきました。保存運動に頑張った所は特に大木が茂り、ひときわ立派な森となっています。県はここに東屋を建て、「源流の森公園」として整備しています。しかし、どんなに探してみても、そこにブナやイチイやゴヨウマツの芽生えはありません。地球温暖化の影響が大きいのかも知れませんが、この森が再びブナの森に帰ることは、もう永久にないと思われます。本当に寂しい限りです。

野草栽培家の増加と自然破壊

ところで、実は、自然破壊は森林の伐採だけではないんです。近年、野草の栽培を趣味とする人が急激に増えてきました。人間は勝手なもので、私たちの生活が文明化するにつれて、昔の素朴な生活に憧れ、豪華な花の咲く園芸植物よりも、素朴な野草に心が惹かれていくようです。現在、野草を専門に扱う花屋まで方々にできています。野草を専門に扱う市場まであるそうです。私の知り合いで野草を育てている人がいますので、野草栽培は自然を荒らすことになるので止めたがよいと言いますと、「私は山を荒らしてはいません、お店から買っているんです」と言います。そのお店に並んでいる野草は、野草を専門に採って回る人たちによって持ち込まれたものなんです。間接的に自然破壊をしていることになるんです。

この野草趣味家の急増によって顕著な被害が及んでいる例を幾つか上げてみたいと思います。

エビネというランがあります。高さ三〇センチ程で、綺麗な花が咲きます。近くの山に入ればどこにでも見られる、ありふれた草でしたので、以前はわざわざ庭に植える人もいませんでした。ところが一九七〇年代から八〇年代にかけて、エビネ栽培の一大ブームが起きまして、栽培する人が沢山増えてきたんです。つまりエビネが売れるようになったんですね。現金収入の少ない山村の人たちはエビネが金になるというので、こぞってエビネ採りに山へ出かけました。私も山の中で肥料袋にエビネを一杯採って担いでいる人を何度も見たことがあります。日本中からエビネが消えていったんです。

環境省が出しているレッドデータブックによると、エビネは準絶滅危惧種に指定されています。この状態が続いていけば、やがて絶滅してしまうかも知れないというのです。

私はエビネの栽培家を知っていますが、春になると色とりどりの見事な花を咲かせるエビネの鉢が並びます。その方は「私たちの趣味で日本中のエビネが姿を消したことに、非常に責任を感じています。それで、私たちが栽培しているエビネを再び自然に戻そうではないか、と仲間内で話し合っているところです」と、にこやかにおっしゃいました。

それで私は「とんでもございません。そういうことだけは絶対にお止めください」と申し上げました。すると、「どうしてですか」と、不服そうな顔をされましたので、私は現在メダカに起きてい

る深刻な状況について話をしました

メダカから考える遺伝子汚染

昔はメダカは日本全国どこにでも普通に見られ、童謡にまで歌われるほどの、ごくありふれた魚でした。ところが近年、殆どその姿を見なくなってしまったと、皆さん感じておられるのではないでしょうか。その原因は、国が大々的に行ってきた農地改良事業にあるのです。

ご存じのように昔の田んぼは、いびつな形をしているものが多く、その間を流れる用水路も蛇のように曲がりくねっていました。用水路と田んぼの間を小魚は自由に出入りができました。しかし、この状態では農業の機械化、大型化を進めるには非常に不便でした。そこで国は農業の近代化を進めるために、大々的な農地の改良事業を始めました。田んぼはきれいな短冊形に整えられ、用水路は田んぼより一段低くして、直線的になりました。

その結果、流れが非常に急になって小魚は泳げなくなり、その上田んぼより一段低くなったため、田んぼへ逃げ込むこともできなくなってしまいました。小さなメダカは生活の場を奪われてしまったんです。農薬の大量使用も原因の一つかも知れません。メダカは遂に絶滅危惧種に指定されてしまいました。農業の構造改善は人間にとっては必要なことだったと思いますが、メダカにとっては実に災難だったわけです。

ところで、メダカのような小さな魚は移動範囲も狭く、同じ地域に同じ系統が長く棲み続けることになり、突然変異などでその地域独自の変化をしていくことになります。日本のメダカは以前は一種類だとされていましたが、近年研究が進み、兵庫県辺りを境にして北側のメダカはキタノメダカ、南側のメダカをミナミメダカという別の種類であることが分かりました。しかもその変異は現在も続いており、ミナミメダカについては更に九つの遺伝子型（東日本型、東瀬戸内型、西瀬戸内型、山陰型、北部九州型、有明型、大隅型、薩摩型、琉球型）に区別することができるそうです。進化は現在も続いているわけで、遺伝学や進化学では素晴らしい研究テーマであったわけです。

ところが近年、メダカの激減によって、変なことが起き始めているんです。

これからは譬《たと》え話ですが、北九州市の人が、以前はこの付近にも沢山メダカがいたが、今では見なくなってしまった、今一度メダカを復活させよう、ということで、わざわざこのみやま市の池までメダカを採りに来て、北九州へ持ち帰ったとします。元々北九州市には北部九州型のメダカがいたところに、そこに有明型のメダカが持ち込まれてしまいます。ちょっと分布がおかしくなります。もし、北九州市に僅かに生き残っていたメダカと、持ち込まれたメダカが交雑することにでもなったら、どっちつかずのメダカが生まれてしまいます。

現実にはもっと大変なことが起きています。東京に住んでいる家族が、お盆休みなどに九州の田舎へ帰省してきます。池に泳いでいるメダカを見て、これは珍しいと言って東京へ持ち帰ります。しばらく飼育していますが、やがて飽きてしまい、殺すのも可哀相なので近くの川に捨ててしまいます。その結果、現在東京周辺の利根川水系や荒川水系のメダカは、殆どが瀬戸内型や北部九州型のミナミメダカに変わってしまっているそうです。もし、本来この地方に住んでいたキタノメダカと交雑したら、益々混乱してしまうことになります。これを「遺伝子汚染」と呼んでいます。学問的研究ができなくなってしまうことになります【なぜ進化が起こったのか考えてみてください。進化は、その環境に適応していくうちにその環境で棲むのに有利な個体の変異が、個体の集団（個体群という）に広がり、少しずつ、何十世代も掛けて、遺伝子の変化が個体全体に行き渡ることで起こります。ということは、そこに生きる生物の遺伝子が、そこの環境に最も適しているということになります。このことを「遺伝子のアイデンティティー」と言い、生物多様性が大切だという根拠の一つと考えられています。つまり、遺伝子のアイデンティティーの喪失は避けなければならないということです】。

エビネにしたって同じことが言えます。もし、エビネ栽培家の方々が栽培しているエビネを自然に帰すとしたら、メダカと同じことが起きてしまいます。エビネ栽培家の方々のエビネは、より美しい花を付けるように一生懸命交配を重ねながら、品種改良を続けた結果、作り出されたものに違いありません。したがって栽培家のエビネは、遺伝子的にはごちゃごちゃに混じり合った雑種になってしまっているのです。そのようなエビネを自然に帰してしまうと、僅かに残っている在来のエビネとの間に交雑が起き、メダカ以上に遺伝子汚染を引き起こすことになりかねません。自然に帰すことだけは絶対に止めるべきです。このことを栽培家の方に話しますと、「そういうもんですか」と、やっと納得してもらえました。

ヤマザクラ群生地における遺伝子汚染

遺伝子汚染が現に樹木でも起きつつあるという話をしましょう。八女市の奥に平野岳という山があります。ここには自然林では珍しいヤマザクラの群生地があります。ヤマザクラは普通はあちらの林に一本、こちらの森に一本というふうにバラバラに生えているもので、自然林の中で纏まって数十本も群生することは殆どなく、珍しいことなんです。

それで、福岡県はこのヤマザクラの群生地を県指定の天然記念物にしました。県もなかなか粋なことをするなあと感心していたら、その後がいけません。もっともっと立派な群生地にして、有名にしようと思ったのか、群生地の周囲に若いヤマザクラの苗木を沢山植えてしまったんです。勿論、その苗木は業者から買ったもので、平野岳で育ったものではないので、かなり異なったＤＮＡを持っているに違いないのです。

この系統の異なったヤマザクラと、元からあったヤマザクラとの間に生まれてくる幼木は、以前から平野岳に育ったものとは異なり、交雑によって遺伝子汚染されたものになるはずです。このヤマザクラ群生地は増々豊かになっていくでしょうが、その学問的価値はゼロになってしまったと言わざるを得ません。地面には沢山の幼木が生えていたそうで、それを育てて植えれば、お金もかからずに済んだのにと、地元の人は笑っていたと言います。

筑後地方における自然破壊の現状

野草趣味家による自然破壊の現状を、もう少し身近な例で見てみましょう。

チャボツメレンゲという、白い星形の花を咲かせるベンケイソウ科の可愛い草があります。野草趣味家に人気の高い植物で、岩場にへばりつくように生えています。福岡県では宝満山と日向神峡《ひゅうがみ》にしかない珍品です。

ある時、日向神峡のある矢部村（当時）の役場へ一人の若者が訪ねて来て、「私は植物を研究している者です。日向神峡にチャボツメレンゲがあるそうですが、場所を教えていただけませんか」と言うので、役場の職員は親切に現場まで案内して、これがチャボツメレンゲですと教えてあげたそうです。

その直後のことです。チャボツメレンゲが剝ぎ取られてしまったと聞き、駆け付けてみますと、ほぼ垂直の安山岩の岸壁に、一面に生えていたチャボツメレンゲが、殆ど無くなっていました。どうしても人の手が届かないような高い所に数株を残すだけでした。役場へ訪ねて来た若者かどうかは分かりませんが、業者の仕業としか考えられません。

ヒメウラジロという、小さくて可愛いシダで、野草趣味家に好まれている一品があります。これも崖などに生える乾燥に強いシダです。乾燥してくると、蒸散を防ぐために葉がくるくると巻き、丸くなります。葉裏は真っ白い銀白色をしているため、巻いた姿も綺麗です。

大分県から福岡県を抜けて佐賀県へ続く国道442号線は大分県から福岡県へ抜ける時、山地を通るため沢山の切通しがありますが、この切通しの崖に点々とヒメウラジロが生えていました。けれど、この切通しは道路の拡張工事や崖崩れ防止のためにコンクリートで固められ、ヒメウラジロは次々と姿を消していきました。しかし、八女市の奥の平《たいら》という集落の国道沿いの石垣に、数百株ほど群生していたため、安心していました。

ところがある時、一株も残らず剝ぎ取られてしまいました。丁寧に探せばまだどこかに残っているかも知れませんが、私の見る限りでは国道沿いから消えてしまいました。

慈善行為も無知は罪

みやま市の瀬高町に、観音霊場がある清水山という山がありますね。この参道沿いにキシュウナキリスゲというスゲの珍品があります。福岡県ではここ一カ所しかなく、全国的に見ても珍しいスゲです。しかし、別に綺麗な花が咲くわけではなく、植物を知らない人にとっては何の変哲もない雑草に過ぎないと思います。このスゲは林の中では育たず、林縁や参道の脇にしか生えることができません。

近年、この参道が丁寧に掃き清められるようになりました。おそらく参拝する人が落ち葉を踏んで滑ったりしないように、善意で掃除されているのだと思いますが、箒によって剝がされるのか、雑草として抜かれるのか、年々その数を減らしています。心配しています。

環境省が出しているレッドデータブックに拠りますと、日本中で絶滅の心配がある植物が千五百数十種程挙げられています。その殆どは人間によって絶滅に追いやられているのです。前にも話しましたように、生物は一遍滅んでしまいますと、人間が再生することは不可能なんです。だから、今残されている自然、生物をこれからも大切にしていきたいものです。

絶滅していった動物

絶滅しつつあるのは植物だけではありません。メダカの例を先にあげましたが、動物もまた同じ状態にあります。この日本にもかつてオオカミがいました。家畜などを襲うため、目の敵にされて殺されていきました。明治三八（一九〇五）年、奈良県吉野郡小川村で捕獲されたのを最後に姿を消しました。

カワウソも全国にいました。毛皮を取るため盛んに殺され、昭和六一（一九八六）年に高知県の新荘川で死体が見つかったのが最後で、その後姿を見た人はありません。

かつては日本中にトキという綺麗な鳥がいました。学名を「ニッポニカ ニッポン」と言います。日本を代表する鳥でしたが、乱獲と農薬散布による食べ物の不足で佐渡に僅かとなってしまい、国は保護に乗り出しました。しかし、時既に遅く、二〇〇三年、「キン」という名のトキの死を最後に絶滅しました。慌てた国は中国から中国産のトキを譲り受けて繁殖をはかり、現在は二〇〇羽を超え、順次野生に返しています。学者は日本在来のトキと遺伝的には殆ど同じだと言いますが、私に言わせれば、今日本の空を舞っているトキは〝中国人〟です。日本人のトキはもうこの世には一羽も居ないんです。

私たちはこのようなことを、これ以上繰り返してはならないと思います。
これで終わります。ご清聴ありがとうございました。

植物夜話

――これは、平成一八（二〇〇六）年一一月二〇日、筑後市ロータリークラブでの講演や、平成三〇（二〇一八）年二月一一日、大牟田生物同好会での講演など幾つかを纏めて抄録したものである。

七草粥考

春の七草といえば「せり・なずな・ごぎょう・はこべら・ほとけのざ・すずな・すずしろ＝これぞ七草」と相場が決まっている。しかし、私は以前からこの七種類に少々違和感を持っていた。と言うのも、「せり・なずな・ごぎょう（ハハコグサ）・はこべら（ハコベ）・ほとけのざ（コオニタビラコ）」の五種類は野草であるが、突然「すずな（カブ）・すずしろ（ダイコン）」の二つが栽培される野菜となる。本当にすずな、すずしろが初めからカブとダイコンだったのだろうか。本来、この二種も野草だったのではないだろうか。その方がよっぽどすっきりすると思うのである。

そこで色々と調べてみた。松田修著『古典の花』という本に紀・記（『日本書紀』、『古事記』のことで、八世紀に書かれた歴史書）に見る古代に食されていた野菜一一種類が上げられているが、そのうち六種類は野草である。古代には栽培される野菜は非常に少なかったものと見える。栽培される野菜の中にカブ（あおな）とダイコン（おおね）が既に出てくるので、この二種は随分古代から栽培されていたことが分かる。しかし、カブは「あおな」、ダイコンは「おおね」という名で記され、すずな、すずしろとは呼ばれていない。それで色々と古い文献を調べてみたが、七草やそれに関連するような文献にはすずな、すずしろという名が登場するが、七草とは関係ないような文献にはこの二つの名は全く出てこないのである。

室町時代に活躍した四辻善成の著書に『河海抄』という本があり、その中に「十二種若菜」として一二種類の植物の名前が記載されているが、その最後に「菘」という字が出ていて「すずな」と読ませてある。その解説に「此中菘は様々の説あり。白川院（一〇五三～一一二九）に松を奉りける人あり避事なりとおおせありけり。大外記師達は小大根のよしを申しける。其説を用いられたる由旧記（拾芥抄）にみゆ」と出ている。これは、平安時代の後期には既に「すずな」の正体が分からなくなっていたということを意味するのである。小大根がいかなるものかよく分からないが、すずなが小大根ならすずしろは大大根ではないか、と想像すると何となく合点がいく。そして、小大根をカブに、大大根をダイコンに当てはめていった。皆がそのように想像したとしてもおかしくはないだろう。

しかし、これはあくまで私の独断的こじつけである。鎌倉か室町時代の国学者たちが考えたといわれる説がある。すずな、すずしろの「すず」とは、すがすがしい、きよらかなということを意味する古語である。すがすがしい菜、きよらかな代物に合致する食べ物を想像すると、いずれも真っ白なカブラ、ダイコンに当てはめたがよかろうというのである。しかし、これも学問的体裁を装ったこじつけに過ぎないと思うのである。

『方丈記』という随筆で有名な鴨長明（一一五三〜一二一六）に『四季物語』という著書があり、推古天皇五（五九六）年の話として「都の外の七つ野とて七所の野にて一草づつ採らせ給ふけり」と書かれている。わざわざ都の郊外へ出かけて栽培されているカブやダイコンを採ってくるものだろうか。益々疑問である。

現代になって出版された資源科学研究所編纂『資源植物図鑑』に古文書（書名が分からない）からの引用として、七カ所の野と採取植物が次のように載せられている。「吉野〜セリ、北野〜ナズナ、紫野〜ゴギョウ、焼野〜ハコベラ、嵯峨野〜ホトケノザ、平野〜アサツキ、交野《かたの》〜カブラ」。ここで、すずなのところにアサツキという名が出てきた。アサツキとは九州を除く日本全土に昔から野生している植物で、近年まで畑で盛んに栽培されていた小ネギである。辛味が強く、主に薬味として盛んに利用されてきた野菜である。日本古来の色名に浅黄《あさぎ》色というのがある。これは「アサツキの色」という意味を持つ、やや緑を帯びた青色で、実にすがすがしい色である。新選組の羽織の色と言えば分かると思う。すずな➡アサツキは充分納得できる。残るは交野➡カブラである。これは分からないまま行き詰まっていた。

ところで、すずな、すずしろに疑問を持った人は他にもいた。保育社カラーブックスというシリーズの中の一冊に辺見金三郎著『食べられる野草』という本がある。その中で辺見氏は、すずな、すずしろについて見事な考証を展開されている。結論はすずな→ノビル、すずしろ→ヨメナであった。すずなをアサツキではなくノビルのことであるとした理由が、丁寧に考証されている。その主な理由はアサツキは東北地方や中部の北アルプスの白馬岳（シロウマアサツキ）などでは見られるが、近畿地方の山野には殆ど野生では見られず、多くは以前から栽培されてきたものであると言うのである。それに対してノビルは古代から（タマ）ヒロコと言って食用に供され、全国的に普通に野生が見られ、しかも簡単に手に入れることができるものである。その上、古代ではこのネギの仲間を正確に区別していなかった節もある。そのような理由からアサツキを退け、ノビル説を立てられているようである。

しかし、私はこの説には今一つ賛成しかねる。いろいろ調べてみると、アサツキも昔は海に近い低地から高い山地まで広く山野に生えている、普通に見られる野草であったらしい。これが非常に美味しいから人里では盛んに採取され、殆ど野生が見られなくなったのではないか。そのため仕方なく畑などで栽培されるようになって、今日に至ったのではないかと想像されるのである。

ノビルに対しては今一つ抵抗がある。子供の頃、私たちはノビルのことをホイトネギと言っていた。「ほいと」とは乞食の事である。これなどは差別用語で使ってはいけないが、あえてここでは使わせていただく。乞食は普通の人たちより一段レベルの低い人間だと見られていた。ノビルはあまり美味しくないので、普通の人は食べないが乞食なら食べるだろうという意味で使われたのだと思う。実際食してみると、葉は繊維質が多いためやや硬くてネギ臭が強く、あまり美味しい野草とは言えないのである。そういうところからノビル説には今一つ抵抗を感じるのである。

近年は九条ネギを密植促成栽培した万能ネギや、ネギとタマネギの雑種起源のワケギなど、柔らくて辛味の少ない小ネギが多く出回るようになって、アサツキも店頭から姿を消してしまったようである。

もう一つのすずしろ→ヨメナについては私も辺見説に大賛成である。よくぞ思い付かれたと感服する。ヨメナは古代から最も優秀な山菜であった。辺見氏も述べられているように『万葉集』の中に既にヨメナを読んだ歌が出てくる。読み人知らずとして、

春日野に煙立つ見ゆ娘子等し春野のうはぎ摘みて煮らしも

というのがある。うはぎとはヨメナの古名である。春日野に煙が立ち上っている。おそらく娘さんたちがヨメナ摘みに出かけ、春の野原でヨメナを煮ている煙だろうと言うのである。このようにヨメナは優秀な山菜として盛んに食べられていた。万葉の時代から既にアウトドア・クッキングがあったのである。

ウハギがヨメナに変わったことについても山菜採りが大きく関わっている。ヨメナと同様に山菜として盛んに採られたものにシラヤマギクという、同じ仲間の野草がある。ヨメナの葉はほぼ細長

い楕円形をしており、秋になると茎が伸びて薄紫の菊の花が開く。これに対してシラヤマギクの葉はやや幅広いハート形をしており、茎はヨメナの二倍程高くなり、白い花を咲かせるが、花弁（舌状花）の数も少なく、全体にごつい感じがする。それで山菜採りの人たちはシラヤマギクを婿菜、それに対して優しい感じのウハギを嫁菜と呼んで区別した。こうした山菜採りの呼び名が、次第にヨメナという正式の名前となっていったのである。

春の芽立ちのヨメナは実に柔らかくて瑞々しい。根を掘ってみると真っ白く太い地下茎が広がっている。まさにすずしろと呼ぶに相応しい姿をしている。私はヨメナ以外ですずしろと呼ぶにふさわしい山菜を知らない。私もすずしろ→ヨメナ説に大賛成である。これで、七草全部が野草になった。しかし、これには確たる文献上の証拠はないことを断っておく。

七草菜の話を進めよう。奈良時代になって、天皇家の力が強くなり、諸豪族はその下部組織として編成され、国家としての体裁を整えてくる。国家をスムーズに運営するためには、どうしても立派な法律が必要となる。そこで中国隋の法律を手本として大宝律令、養老律令などを次々と作っていくことになった。法律と同時に五節会、五節句など中国の諸行事も次々と取り入れていったようである。

五節句の最初の行事が一月七日（人日《じんじつ》）の七種菜であった。この他、人日以前から行われていたともいわれる上の子の日（一月最初のネの日のこと）の供若菜という行事（一二種または七種の植物を食べる）や、一月一五日（小正月）に行う七種粥《ななくさがゆ》（米、粟、黍《きび》、稗《ひえ》、胡麻、小豆、葟《みの》〔ムツオレグサ〕で作る雑穀粥）など、よく似た中国起源の行事が色々と行われたが、これらは全て、食することによって無病息災、健康増進を願うという行事であった。病気の治療法など殆どなかった時代、病気にかからないことが何よりの健康法という意味から、このような幾つもの行事が行われたもののようである。

しかし、中国の行事を輸入する以前から我が国にも「若菜摘み」という行事は広く行われていた。食べる野菜の少なかった昔、特に冬期は生鮮食料品は殆どなかったに違いない。多くはビタミン不足になったのではないだろうか。それで新春になると人々は一斉に若菜を摘んで食べることにより、ビタミンを補給して健康の回復を図ったであろう。我が国の最初の歌集である『万葉集』の最初の唄は雄略天皇の長歌である。

こもよ　みこもち　ふくしもよ　みぶくしもち　このおかに　なつますこ……

この歌からも分かるように、新春の若菜摘みは天皇まで出かけるような行事であったと思われる。その後の歌集にも若菜摘みは歌材としてしばしば詠まれ、謡曲、狂言などにも出てくる。それは山菜採りとなって現代まで続いてきたのであろう。子の日の供若菜は平安時代になると「小松引き」という女の子の行事となり、これは鎌倉時代頃まで続いたようである。小正月の七種粥は、その後小豆粥（『土佐日記』）、餅粥（『枕草子』）と変わり、現代まで各地で行われている「だんだら粥」となって受け継がれることになる。

さて、一月七日（人日）の七種菜に戻るが、最初はお粥ではなく、羹《あつもの》（温かい煮物）として食していたようで、これは平安時代の終わりまで続いていたことがはっきりしている。江戸時代になるとお粥になっていたこともはっきりしている。

それではいつ頃から、どうして羹が粥に変わったのであろうか。これがどうもよく分からない。人日（七日）の七種菜も小正月（一五日）の七種粥もともに無病息災を願う同じ目的の行事であり、語呂も似ているところから、どこかで両者が合体して七草粥が生まれたのではないかと私は想像している。鎌倉時代から室町時代にかけてのどこかで次第に変わっていったのではないだろうか。

ところで、七草の歌が現在の形となったのは最初からではなかったようである。前にあげた『河海抄』の中に七種菜として薺、繁縷、芹、菁、御形、須々代、仏座と現在と同じ七種が挙げられているが、これは歌の形にはなっていない。室町時代に書かれた『梵灯庵袖下集』の中に「せり、なづな、ごぎょう、はこべら、仏の座、すずな、すずしろ是は七種」とほぼ現在と同じ形の歌が載っているという。しかし、同じ室町時代に書かれた『塵添壒嚢鈔《じんてんあいのうしょう》』という本には次のような歌が紹介されている。「せり、なづな、五行、たびらく（キュウリグサ）、仏座、あしな（葦の芽）、みみなし（ミミナグサ）是や七種」というのである。現在の七草とは大分異なっていて、室町時代までは一定していなかったようである。また、種類も七種類に拘っていなかった節も見られる。

現在よく知られている歌は江戸時代中期、薩摩の本草学者の曾槃堂が『増補題林集』という本からの引用として「春の七草」と言って紹介したのが始まりらしいのである。このような経緯からしても、私は現在の七種類にはあまり拘らなくてもよいのではないかと思っている。年の初めになると、スーパーなどではパック詰めにして揃えられた七草が、もっともらしく並べられるが、私は家の周りで揃えられる野草で間に合わせても充分ではないかと思っている。七種類に拘らなくてもよいのではないか。一月七日の早朝、揃えた若菜を「唐土の鳥が　日本の土地へ　渡らぬ先に　なずな七草　七草囃せ　トン・トン・トントン」と囃しながら細かく刻み、草粥を作って食べ、無病息災を願うというのは奥ゆかしい日本の風習であり、これからも続けていきたいものである。

ついでに蛇足を加えておくが、唐土の鳥とは「鬼車鳥」という怪鳥のことで、子供の衣服にこの鳥の血の雫が落ちると、小児が病気になるという、恐ろしい鳥のことを指すらしい。

真菰考

マコモは、日本中の沼や池にごく普通に生えている、大型のイネ科の植物である。中国、台湾、日本、シベリアなどの東アジアに分布し、東洋ではマコモ属の植物はマコモ一種である。大量にどこでも手に入ったので、昔から様々に利用されてきた。この植物の葉を組んで茣蓙《ござ》を作ったので、「くむ」が変化して「こも」となったといわれる。今では茣蓙は稲わらやイグサで作るが、昔はもっぱらマコモ製だったので、茣蓙のことを菰とも呼んでいた。茣蓙でくるんだお酒の四斗樽のことを

「こもかぶり」と言うし、乞食のことを「おこもさん」とか「こもかぶり」と呼ぶのも、莫蓙が乞食の必需品だったからである。ところが、アマモ、アオサ、ホンダワラなどの海藻もコモと呼ばれることがあるので、これと区別するために「本当の」という意味から「マ」を付けてマコモと呼ばれるようになったのである。

私の父は八月のお盆が近づくと、近くのクリークへ出かけてマコモを採ってきた。それを組んで四角い莫蓙を作ったものである。それを仏壇の前に敷き、その上にお供えの御馳走を並べる。一五日の夕方には供えた御馳走をその莫蓙でくるみ、両端を縛って線香とろうそくを立て、近くの川へ流しに行った。精霊流しである。戦後しばらくまでは続いていたが、これが岸辺の草や堰などに引っ掛かり、中の御馳走が腐って川を汚染するので、禁止されて現在に至っている。今でも時々お盆前にはスーパーなどでマコモの莫蓙を売っているのを見かけるので、現在でも昔のしきたりを守っている家庭があるらしい。

私の子供の頃は五月のお節句には毎年粽《ちまき》を作ったものである。この地方では粽はヨシの葉とマコモの葉で作った。上糝粉《じょうしんこ》をこねて作った団子を二枚のヨシの葉で挟み、その外側を数枚のマコモの葉で包み、イグサのひもで縛って作ったものである。筑後平野のど真ん中で、チマキザサの葉が手に入れにくかったからであろうが、私は長い間これが本当の粽だとばかり思っていた。

昔はマコモで屋根を葺いたこともあったらしい。鎌倉時代に作られた『古今著聞集』という説話集の中に次のような歌がある。

かつみ葺く熊野詣の宿りをば菰くろめとぞ言うべかりけり

「かつみ」とはマコモの古名なので、おおよその意味は、「熊野参りの途中で泊った宿の屋根がマコモで葺いてあるので、これは莫蓙にくるまっていると言うべきだろう」くらいではなかろうか。

春に水の中から伸びてくるマコモの芽には、筍のような癭《えい》ができることがある。これはマコモノズミというカビの一種が寄生してできたものである。これを菰角《こもづの》と言う。成熟するとカビは大量の真っ黒な胞子を作る。昔はこれを乾燥させて眉墨やお歯黒に用いたという。日本では菰角を食用にすることはなかったようであるが、中国や台湾では茭白筍《チャオパイスン》と言って優秀な食材である。近年日本でも沖縄、京都、佐賀県基山、その他方々で栽培されているようである。名物として売り出しているところもあるらしい。

マコモのことを古くは「かつみ」と言ったことには前に触れたが、かつみとは糧実《かてみ》が変化して「かつみ」になったといわれる。カテとは古語で食糧となるような穀物を意味する。ということは、このマコモの実を昔は食糧にしていたことが考えられる。しかし、古文書にそのような記録は見当たらない。縄文や弥生の遺跡からもそのような痕跡は発見されない。言葉として存在するだけであるといわれてきた。

ところが、植物学者の渡辺清彦氏は証拠があるとして自説を出しておられる。『古事記』の神代記の中の天孫降臨の場面で、天照大神が瓊瓊杵尊に授けられる言葉がある。「豊葦原の千五百《ちいほ》秋の瑞穂《みずほ》の国は吾が子孫《うみのこ》の王《きみ》たるべき地なり」云々というものである。この中の瑞穂は稲の穂のことであるというのが定説である。ところが渡辺氏は、神代の昔にはまだ我が国にイネはなかったはずだ、これはマコモの実のことに違いない、中国ではマコモの実を菰米《コメイ》と言い、これが詰まってコメになったもので、コメとはイネの実ではなく、マコモの実を指す言葉である、という主張である。

しかし、歴史学者や言語学者は別な見方をしている。天孫降臨に似た説話は日本独特のものではなく、東アジアに点々と分布しているもので、おそらく弥生人が日本に渡来してきた時、イネと一緒にこの説話も持ち込んだのではないだろうか、この説話が、日本の神代記が形成される過程で、その中に取り込まれて天孫降臨の話が生まれたもので、すでにイネは存在していた、というのである。

また、言語学者の堀井令以知氏は著書『語源大辞典』の中で、次のように述べておられる。「平安時代より前は米のことはヨネと言い、生育するイネと区別していた。コメという語は、常の日には言わないで、もとは改まった儀式に用いた。コメはまわりからの隔離をいうコモルと結びつく語であった」云々と。いずれにしても日本では糧実という言葉が残っているだけのようである。

一方、中国には菰米という言葉があるように、コメの代用品として利用されていたらしいことが考えられる。事実、飢饉の時などの救荒食として利用されていたようである。唐時代の有名な詩人杜甫に「秋興四」という長詩があるが、その中に「波漂菰米沈雲黒」(波は菰米を漂わせて沈雲黒く)という節がある。これはマコモの実が黒色であることを知っていなければできない表現であろう。安禄山の乱の後、杜甫は諸国を放浪してその生涯を終えた。貧乏の中で、人々が飢饉の時にしか口にしないような菰米を食したことがあったのかも知れないと考えると、詩聖杜甫が哀れに思えてくる。

とにかく、マコモの実が食べられそうだということは分かったので、一度食べてみようと思った。近くのマコモが生えている川岸に行って、実を収穫してきた。マコモの実は長さ七～一〇ミリメートル、径一・二～一・四ミリメートル、両端が尖った形をして色は黒い。長い禾を持つもみ殻に包まれている。脱穀するのが大変で、二時間程かかってやっとスプーン一杯ほどしか脱穀できず、未だに食するには至っていない。

ところで、東洋にはマコモ属はマコモ一種だけだが、北米大陸には三種もあり、まとめてアメリカマコモと呼ばれている。その実は昔からネイティブアメリカンの人たちの大切な食料であったという。

このアメリカマコモについては有名なエピソードがある。一七世紀の初め、イギリスの国教会は大変堕落していた。そこで、本来の清廉な状態に帰さなければならないとする人たちが宗教改革に乗り出した。これらの人たちは清教徒と呼ばれた。しかし、この運動は失敗し、彼らは国教会から物凄い弾圧を受けた。そこで一六二〇年、一〇二名の清教徒は一八〇トン程の小さな「メイフラワー号」という船に乗ってイギリスを脱出し、はるばると大西洋を越え、アメリカ大陸（ニュープリマス）に辿り着いた。これが白人がアメリカ大陸に移住した始まりで、彼らは「ピルグリム・ファーザース」と呼ばれている。

ところが彼らは、イギリスから持ち込んだ食糧の栽培にことごとく失敗する。アメリカの土地や気候に合わなかったのであろう。途端に彼らは食糧危機に陥り、一年程の間にほぼ半数の人が餓死してしまった。それを見かねたネイティブアメリカンの人たちが、自分たちの食糧調達の仕方を彼らに教えたのである。そのためにやっと飢えから逃れることができたという。食糧調達法の一つとしてアメリカマコモの実の収穫があった。彼らはそのマコモの実をワイルドライスと呼んで珍重した。そのような経緯から現在でもアメリカではこのワイルドライスをスープの具に入れたり、七面鳥のお腹に入れるスタッフィングなどとして食しているという。

私の植物仲間がアメリカ旅行に出かけるというので、ワイルドライスを買ってきてくれるよう頼んだ。ワイルドライスは現在でも栽培されているものではなく、野生の物を収穫しているだけのようで、普通に販売されているものではなかったらしい。散々探した挙句、やっとカナダの田舎町のとあるスーパーで見つけたと言って買ってきてくれた。相当の値段がしたとのことであった。

アメリカマコモの実は大きく、長さ一四〜一八ミリメートル、径一・七〜一・九ミリメートル程ある。この大きさなら食するのに充分である。早速スープに入れて食べてみた。実は潤びて膨らみ、歯ごたえがあってなかなか美味しかった。食べながら私はふと気づいた。ずっと以前、若い時に一度食べたことがあったのである。ある時、レストランでステーキを注文したことがあった。その時ステーキの添え物として、細長くて黒い粒状のものが一盛りついてきた。食べてみると歯切れがよくて美味しかった。その時は何物か分からず食べていたが、それがワイルドライスだったのであった。以前から日本にも輸入されていたようである。私は一度は日本のマコモの実も食べてみたいと思っている。

雛罌粟考

私がかつて所属していた筑後山の会の会長吉永一郎氏の、九重にある別荘に招かれた時の話である。「若い時に読んだ与謝野晶子の歌に出ていたもので、多分植物の名前だったと思うがコクリコという言葉を記憶しているのだが、コクリコとはどんな植物かね」と尋ねられたことがあった。

私はそんな名前の植物を知らなかったので、帰宅して植物関係の文献を色々調べてみたが、どうしても分からない。これは晶子の歌から入った方が早いかもしれないと思って調べてみると、大正三年に出版された歌集『夏より秋へ』の中に出てきた。

ああ皐月仏蘭西の野は火の色す君も雛罌粟《コクリコ》われも雛罌粟《コクリコ》

という歌であった。コクリコが雛罌粟のことだということは分かった。この歌ができた経緯を調べてみた。彼女の夫与謝野鉄幹は明治四四年（一九一一）一一月、ヨーロッパへ外遊に出かけた。夫を追って明治四五年五月、晶子も出発する。敦賀から露西亜の汽船「アリヨル号」に乗ってウラジオストックへ、そこからシベリア鉄道などを乗り次ぎ、パリで鉄幹と合流する。どうもその頃、パリ近郊で詠まれたものらしかった。二人は仏→英→独など五カ国を歴遊して大正二年（一九一三）に帰国する。この時の外遊中の歌を纏めた歌集のようである。それにしても、「仏蘭西の野は火の色す」とはなんと大袈裟な表現だろうと思った。

それで、ヒナゲシについて少し調べてみた。ヒナゲシは日本では園芸植物であるが、ヨーロッパでは麦畑や野原などに普通に生えている雑草であるらしいことが分かった。また、モネに「アルジャントウイユの雛罌粟」という絵がある。広い野原に母と子がぽつんと立ち、周り一面に真っ赤なヒナゲシの花が描かれている。これならば「仏蘭西の野は火の色す」もまんざら誇張でもないなと思った。日本にはケシ属植物の自生は殆どないので、これまで全く勉強不足だった。そこで、この仲間について少し勉強してみることにした。

まず、フランス名のコクリコであるが、これは雄鶏の鳴き声に由来するという。「コケコッコウ」という音を写したものだった。雄鶏の鶏冠《とさか》も真っ赤なので、そのへんから来た名前であろう。ヒナゲシの学名は「パパベル　ロエアス」と言う。パパベルはケシ属（ケシの仲間）の名である。ロエアスはヒナゲシに付けられた名で、「ザクロの花のような」という意味である。花の形は随分違うが、二つとも花弁は非常に薄く真っ赤で似ている。そんなところから付けられたのであろう。

ところで、属名のパパベルであるが、これはローマ時代はケシそのものの名だった。ケシはこのグループを代表する植物なので、ケシの名を属名としたものである。現在、ケシの学名は「パパベル　ソムニフェルム」と言う。ソムニフェルムとは「眠気を催す」という意味である。ケシの実はアルカロイドを含むため、催眠作用、鎮痛作用がある。そのため、ローマでは薬として盛んに利用されていたので、そのへんから付けられたものであろう。

ところで、パパベルのパパは「お粥」のことだそうである。どうしてケシにお粥にちなんだ名前が付いたのかと言うと、ローマ時代は赤ん坊の離乳食としてお粥を作る時、その中にケシの実を差し込んで煮たという。すると、実の成分が溶け出し、赤ん坊は食後直ぐに眠ってしまうので、子育てには非常に都合がよかったのである。それからケシのことをパパベルと呼ぶようになったという。ところで、このパパは「お父さん」の語源でもあるらしい。ローマ時代には、お父さんがせっせと赤ん坊に離乳食のお粥を食べさせていたのであろうか。ついでにママの語源も調べてみた。ママはラテン語辞典によると、女性の乳房、または女性そのものを指すと言う。これはそのままだった。

ケシは既に平安時代には日本にも入っていたようである。初めは仏教で邪気払いの護摩を焚く時の榾木《ほだぎ》として使われていたようである。江戸時代になると盛んに栽培されるようになるが、これはその種子を粥や餅に入れて食べるためであった。また、若い苗は蔬菜としても食べられた。種子、茎、葉にはアルカロイドは無く、食べても安全である。アルカロイドを含むのは実である。このケシの実に傷をつけると白い乳液がにじみ出る。これを集めて乾燥したものが阿片であり、精製したものがモルヒネ、コデインである。モルヒネは薬として現在でも用いられているが、阿片を常用すると、習慣性が出て廃人になってしまうほどの怖い麻薬でもあるため、現在では「あへん法」（昭和二九年）によって栽培が規制されている。

ところが、ヒナゲシは全くアルカロイドを含まない。ケシ属は大きくケシとヒナゲシの二つのグループに分けることができる。ケシのグループは葉の切れ込みが少なく、ほぼ全体が無毛であり、その果実にアルカロイドを持つものが多い。一方ヒナゲシのグループは葉の切れ込みが深く、体のどこかに毛が生えていて、アルカロイドを持っているものはない。

ヒナゲシの他にも、我が国では園芸植物として栽培されているが、ヨーロッパでは野生で、普通に野原などで見られるものがいくつかあり、フランスギクやヤグルマギクがそうである。フランス革命の時、パリへ進軍する民衆が、ヤグルマギク、フランスギク、ヒナゲシなどの花を道端で摘み、帽子などに飾っていたという。これらの花の色から、フランス国旗の色である青・白・赤が発想されたという説もある。現在ではもっともらしい理由がつけられているが、もとは案外そのような単純なことだったのかも知れない。

ヒナギクはフランスではコクリコ、イギリスではポピー、日本では雛菊とそれぞれ可愛らしい名前で呼ばれているが、中国ではちょっと変わって虞美人草と人の名前で呼ばれる。この名前には美しくも悲しい物語が伝えられている。

中国は春秋戦国時代といって、紀元前八世紀から三世紀にかけて、五百数十年もの長い間戦乱の時代が続いた。紀元前二一〇年、やっと秦の始皇帝が統一を果たしたが、始皇帝の死後再び国が乱れてしまった。この時、項羽と劉邦という二人の将軍が天下を争うこととなった。初めは項羽が優勢で劉邦は逃げ回っていたが、劉邦は人望があったので、周りに次々と兵が集まり、ついに六〇万を超える大軍となって項羽を圧倒する。項羽は僅かな兵を率いて垓下《がいか》という谷に逃げ込んだ。忽ち劉邦の大軍が周りを包囲した。劉邦は全軍に楚の国の歌を唄うように命じた。夜になると、周りの山々から一斉に項羽の故郷楚の国の歌が聞こえてきた。項羽はこれを聞き、ついに私の祖国楚の人々も劉邦の軍に入ってしまったかと錯覚した（四面楚歌）。

自分の命運を悟った項羽は最後の酒宴を開き、朗々と詩を吟じながら舞を舞った。「力山を抜き気は世を蓋う　時、利あらず騅《すい》（項羽の愛馬）逝かず　騅の逝かざるを如何にすべき　虞や虞や汝を奈何せん」。常に項羽の傍らに寄り添っていた愛妾虞夫人はこれを聞き、これ以上項羽の足手纏いになってはいけないと、自刃して果てたのである。人々は彼女を哀れみ手厚く葬ったのであった。項羽は垓下からは逃れたものの、追い詰められた烏江という所で自害して果てる。

こうして劉邦は天下を統一し、漢という帝国を興し、初代皇帝となった。以後ほぼ二〇〇年の間、中国は平和な時代が続くことになる。さて、虞夫人を葬った次の年の春、そのお墓の上に一本の真っ赤なヒナゲシの花が咲いたという。人々は、これは虞夫人の魂の生まれ変わりに違いないと言って、この花を虞美人草と呼んだのであった。

この出来事から二〇〇〇年以上の年月が経った。現在でも中国ではヒナゲシのことを虞美人草と呼んでいるだろうかと思って、『中国高等植物図鑑』で調べてみたところ、ちゃんと図が載っていたが、種名は「虞美人」とあり、草という字が消えていた。しかし現在も虞美人と呼ばれていることが判明した。ただ、解説文の最後にこのようなことが書かれていた。「原産欧州、我国庭園有栽培」

と。これは元々ヨーロッパ原産の、庭園に栽培される園芸植物であるということである。中国では野生にはない花なのである。ちょっと怪しくなってきた。虞夫人が死んだ翌年にヒナゲシの花が咲いたのであれば、今から二千数百年も昔に中国は既にヨーロッパとの交流があったということになる。

どう考えてもおかしいので、改めて調べてみると、中国には唐の時代にシルクロードを通ってヨーロッパから持ち込まれた園芸植物であることが分かった。唐と言えば七世紀から一〇世紀にかけて栄えた国で、我が国で言えば奈良から平安時代に当たり、何度も遣唐使が派遣されたことでも周知の通りである。つまり、虞夫人が亡くなった頃にはまだヒナゲシは中国には存在せず、それから一〇〇〇年程後にもたらされたものである。

ということは、虞夫人の悲話はずっと後世になって生まれた作り話であったのである。それで納得できることがあった。虞美人草の話を調べていくと、幾つものパターンがあるのである。先に書いたような話もあれば、別の話では「項羽は虞の胸を刺し、自らも果てた」とあり、また、「虞夫人は項羽の後を追って自刃した」となっている場合もある。後世の創作であれば色々なパターンがあってもおかしくはない。しかし、作り話と分かり少々がっかりした。

この虞美人草を自分の小説の題にした人がいる。夏目漱石である。漱石は東京大学の先生を辞めて朝日新聞社に入り、新聞に連載小説を書くことになったが、なかなか題が決まらない。ある時街を歩いていると、通りがかった花屋の店先にヒナゲシが売られたいた。店員に花の名前を聞くと

「虞美人草」だと言う。漱石はこれだと思い、題を決めたといわれている。こうして、新聞に小説の連載が始まった。これが新聞連載小説の始まりだといわれている。甲野藤尾という美人のヒロインが出てくる。二人の男性を弄ぶように操るが、最後は裏切られて自殺するのである。虞美人と同じように主人公が自殺するところからこのような題にしたのだろうが、これは悲しくも美しい話とは言えないようである。

北海道の北端に利尻島という島がある。昆布で有名である。リシリヒナゲシという、この島にだけ自生する可愛いケシがある。氷河時代の遺存植物といわれている。これ以外、我が国に自生するケシ属の植物はない。以前、北海道を旅行していた時、宿泊した小樽の旅館の娘さんがリシリヒナゲシを栽培しておられた。お願いして種子を送ってもらった。鉢に植え、大切に育てた。五月になって、実にきれいな可愛い黄色の花が一輪開いた。私は絶対に種子を採ろうと栽培を続けたが、その後の梅雨の長雨と夏の暑さで、腐ってしまい、採種することができなかった。諦めきれず、もう一度種子を送ってもらったが、今度は花が咲く前に腐ってしまった。九州のような暖地では栽培が無理なことが分かり、諦めざるを得なかった。

近年、庭や公園などで見かけるヒナゲシは黄色から橙黄色をしている。これはアイスランドポピーという別の種類で、真紅のヒナゲシは殆ど見なくなった。実はヒナゲシは一日花で、朝開いたら夕方には散ってしまう。ところが、アイスランドポピーは開いた花が数日間持つ。それで、切り花としても利用することができ、また花期も長い。そのようなわけで、ヒナゲシはアイスランドポピーに取って代わられてしまったのである。しかし、私は真紅のヒナゲシの方が好きである。

近年、我が国にも色々なケシ属の植物が帰化している。この地方でよく見るのはナガミヒナゲシ（ヒナゲシの仲間）とアツミゲシ（ケシの仲間）である。ナガミヒナゲシは高さ三〇センチメートル前後で、花は径約五センチメートル、朱赤色である。道端や草地など普通に見られ、昔から居たように威張って咲いている。アツミゲシは高さが五〇センチメートル程になり、花は径約一〇センチメートルにもなり、ややくすんだ淡紫色をして綺麗である。

私の知り合いの婦人が、綺麗だからとこのアツミゲシを自宅で栽培していたところ、県の保健所の人が来て、「これは栽培禁止の植物です」と言って全部引っこ抜いてしまったと言う。どうしていけないのかの説明はなかったらしい。ご婦人は不服そうであった。実はこのアツミゲシは本当のケシに極めて近縁の種で、ケシと同様にアルカロイドを持ち、それもモルヒネに極めて近いものなので、ケシと同様栽培が規制されているのである。県の係の人は見つけ次第引っこ抜いて回っているが、なかなか眼が行き届かず、今でもたまには見かける。しかし、綺麗だからと言って庭での栽培は止めた方がよい。法律違反である。

米語のスラングでお父さん・パパのことをパピーとかポピーと言うそうである。ポピーと言えばヒナゲシのことである。このヒナゲシの花言葉は「なぐさめ、いたわり」だと言う。「お父さん」はどうも昔からケシの仲間と関わりが深いらしい。ローマ時代には赤ちゃんにせっせとお粥を食べさせ、米国ではポピー（ヒナゲシ）と愛称で呼ばれる、もともといたわり深い存在なのかも知れない。

折々の歌

硫黄島玉砕（小学五年　一九四五年三月）

硫黄島通信絶ゆの知らせにも蝶は知らずに野原舞うなり

数多きヤンキー共を切り殺し硫黄の島に花と散りけむ

初冬の校庭（高校一年　一九四九年）

山茶花の花に時雨の細々と降りわたりゆく昼過ぎの庭

大宰府にて

戒壇院の古き築地にまといつく定家蔓の花盛りなり

萩にて（修学旅行引率）

ほろほろと柑子の花のこぼれ散る古き土塀よ風の清《すが》しき

黒髪山にて

黒きまで紅極まりて冬苺黒髪山の木々素枯れゆく

紅玉の実は鈴なして冬苺黒曜石の岩肌を這う

思い出ず黒髪山の岩頭に冬日を浴びて立ちいし佳人《ひと》よ

北アルプス点描

燕の頂は登る陽に染まり雲海の下の街は未だ夜

遠く遙かに富士を望みてテント張る三俣蓮華に夕暮れ迫る

絶壁にハーケンを打つ音響きキレットを行くわれに木霊す

雲海に光環を背負いし吾が影のほのかに映り尾根に佇む

チングルマ群がり咲きて風渡りはやも黒部の夏は過ぎゆく

遙かなり五色が原の綿菅を想いつ越えし刈萱峠

大天井《おてんしょう》岳のガレ場に群れる駒草に跪きつつ吾は涙す

宰《つかさ》（娘婿）の死

あまりにも優し過ぎた宰よ何故そんなにも急いで逝くか

この子等を残して逝くは辛かろうせめて行く末を見守ってくれ

あとがき

私の人生は波瀾万丈、ドラマチックというには程遠く、漱石の言葉を借りるならば、「向う三軒両隣りにちらちらするただの人」の一人に過ぎなかったと言えるだろう。しかし、「ただの人」の人生にも幾つかの浮き沈みはあった。ここに書かなかったこと、書けなかったことも幾つかある。それらは墓場まで持っていくつもりである。

壮絶な人生を生きた山頭火と私を重ねるなど、もっての外だと叱られるのは必定だが、彼の次の句に、私の人生も言い尽くされているような気がしている。

捨てきれない荷物のおもさまへうしろ　　山頭火

重たい振り分け荷物を担ぎながら、これからも残り僅かになった旅を続けていくであろう。

二〇一九年四月

益村　聖

益村　聖（ますむら・さとし）　1933年，福岡県筑後市に生まれる。1956年，福岡学芸大学（現福岡教育大学）理科卒業（生物学専攻）。以後，1991年まで福岡県内で中学校教諭。植物分類学会の会員。主としてカヤツリグサ科スゲ属とイネ科を研究。2014年，日本植物分類学会から学会賞を授与。著書に『絵合わせ　九州の花図鑑』（1995年），『【原色】九州の花・実図譜』Ⅰ～Ⅵ（2003～2018年，いずれも海鳥社）がある。筑後市在住。

JASRAC 出 1904684-901

雑草《ざつそう》にも名前《なまえ》がある
一人《ひとり》の中学教師《ちゅうがくきょうし》・植物採集家《しょくぶつさいしゅうか》の足跡《そくせき》

❖

2019 年 5 月 30 日　第 1 刷発行

❖

著　者　益村　聖
発行者　別府大悟
発行所　合同会社花乱社
〒810-0001　福岡市中央区天神 5-5-8-5D
電話 092（781）7550　FAX 092（781）7555
印　刷　株式会社西日本新聞印刷
製　本　篠原製本株式会社
［定価はカバーに表示］
ISBN978-4-905327-98-1